Lourenço Mutarelli

NADA ME FALTARÁ

1ª reimpressão

Ao amigo Mario Bortolotto

1

Carlos?

Oi, Cris.

Onde você está?

Acabei de chegar em casa. Quer ligar aqui?

Não... Ele apareceu.

Encontraram ele?

Ele apareceu.

Ele apareceu? Ele está vivo?

Ele está bem.

Onde ele estava? Como ele está?

Ele apareceu.

Mas onde? Onde o encontraram? Como ele está?

Ele apareceu do nada.

Meu Deus! E como ele está?

Ele está bem.

Você já viu ele?

Não. Quem me ligou foi a Fernanda. Ele apareceu na casa da dona Inês.

Ele apareceu... O que foi que ele disse? Por onde ele andou durante todo esse tempo? E como está a Luci, e a menina?

Ele não lembra de nada.

Não lembra? Como assim, não lembra? Minha Nossa! E a Luci e a Ingrid?

Ele não sabe.

Então elas continuam desaparecidas? E ele não se lembra de nada?

É. Parece que a polícia está lá, investigando.

E onde ele está?

Ele está no hospital.

Hospital? Em que hospital? Mas ele está bem?

Está. Está na Beneficência Portuguesa. Parece que ia fazer uns exames.

Que coisa... Eu já tinha perdido as esperanças... Você já avisou o Pedro?

Não, vou ligar agora.

Eu vou até o hospital. Você sabe em qual quarto ele está?

Não. Mas eu também estou indo para lá.

Então, nos vemos no hospital.

Como vai, dona Inês?
Oi, Carlos. Ele não lembra de nada... Meu Deus do céu!
Mas ele está bem?
Ele está bem. Eu é que quase morro de susto.
Ele não lembra de nada? Ele está com amnésia?
Ele se lembra de tudo até o dia do desaparecimento. O que aconteceu nesse tempo todo ele não sabe.
E a Luci?
Ele não sabe. Ele nem sabia que ela tinha desaparecido junto com ele.
Meu Deus! Que coisa!
Nem me fale. Mas pelo menos ele está bem. Ele não sabe o que aconteceu com a minha netinha.
Calma, dona Inês. Eu acho que com o tempo ele deve recuperar a memória. E, se ele voltou, elas também vão aparecer.
Ele chegou em casa como se nada tivesse acontecido.
E o que os médicos falaram?
Você sabe como são esses médicos...
Pelo menos ele está aqui de volta e está bem, não é?
É.
Olha lá a Cris.
...
Oi, dona Inês, como vai a senhora?
Vamos levando, minha filha.
Oi, Carlos.
E aí?
Você já esteve com ele?
Não, tem um policial conversando com ele agora.
O policial veio falar comigo também. Veio perguntar se ele tinha inimigos. Se tinha envolvimento com drogas, se o casamento ia bem.
E o que a senhora disse?
Eu disse a verdade. Disse que meu filho é uma pessoa

correta, que tem uma vida absolutamente normal. Olha lá! Aquele que está vindo é o tal policial. Duvido que a mãe desse sujeitinho possa dizer o mesmo dele.

Calma, dona Inês. A senhora precisa tentar manter a calma.

Por que ele não veio me interrogar quando o Paulo desapareceu? Por que eles não o encontraram? Cadê minha neta? E minha nora?

Calma, dona Inês. O Carlos está certo. Não vale a pena a senhora ficar assim. Agora a gente precisa curtir o Paulo. Eu acho que logo ele vai acabar se lembrando de tudo, e assim encontraremos a Luci e a Ingrid.

Deus te ouça, minha filha. Deus te ouça. Um ano. O que terá acontecido nesse tempo todo? Vou aproveitar que o policial saiu e vou até o quarto. Eles só estão deixando entrar uma pessoa por vez. Quando eu voltar, um de vocês entra.

Mas a senhora já esteve com ele?

Já, minha filha. É que eu quero ficar mais um pouquinho.

Claro.

E aí, Paulo? Como é que você está?

Eu estou legal, eu... estou bem.

Você não imagina como é bom te ver, cara!

É bom te ver, Carlos.

Eu falei com a sua mãe lá fora. Ela levou um susto e tanto quando te viu.

É. Eu sei.

Ela disse que, quando chegaram aqui, foi ela quem precisou ser atendida. Mas ela está bem agora.

Ela está bem, está bem. A pressão subiu, mas ela está bem. E você? Que coisa, tudo isso.

É.

Que loucura, tudo isso.

É mais estranho para vocês do que pra mim.
É mesmo? E o que aconteceu?
Nada. Para mim, não aconteceu nada.
Sua mãe disse que você não se lembra.
Não me lembro de nada. É como se...
O quê?
Como se nada tivesse acontecido.
Mas você está bem?
Só me sinto um pouco cansado.
A Cris está aí fora. Ela veio te dar um abraço.
Minha mãe falou que vocês estavam aí.
Eu vim só te dar um abraço. Vou descer, assim ela pode subir.
Tá legal. Eu preciso descansar um pouco.
Ela só vai te dar um abraço.
Legal.
É muito bom te rever, cara. Você fez muita falta.
Eu estou aqui agora.
Vou deixar você descansar. Amanhã eu volto.

Olha lá o Carlos.
O que você achou dele?
Ele parece bem, dona Inês. Ele parece bem.
Eu vou dar um pulinho lá.
Vai sim, Cris.
...
Você achou ele normal?
Normal, normal. Ele parece muito bem.
Você não achou ele um pouco diferente?
Diferente? Não, dona Inês. Não notei nada de diferente. A senhora notou algo?
Não sei.

E o que os médicos disseram?

Falaram que ele deve estar sofrendo de amnésia retrógrada. Seja lá o que isso signifique.

Algo incomodou a senhora, não é mesmo?

Você não achou ele agressivo?

Não. De forma alguma. Por quê?

Por nada.

Ele foi agressivo com a senhora?

Não. Mas alguma coisa no seu tom de voz me incomodou.

Deve ser impressão. Nós estamos muito ansiosos. É difícil a gente se imaginar na situação dele. Pra ele esse tempo não passou. Então, acho que é natural a atitude parecer um pouco fria. Talvez tenha sido isso que incomodou a senhora.

Não foi isso, não. Ele está num tom um pouco acima. Se é que você me entende.

Acho que a gente precisa esperar um pouco. Acho que ele ainda não caiu em si.

Ele perguntou pra você sobre a mulher e a filha?

Se ele perguntou? Acho que não. Também, nem deu tempo, não é?

Você não acha estranho?

Estranho? Não. Realmente não achei nada incomum, dada a circunstância.

Ele está estranho. Talvez ele esteja sendo coagido, sei lá. Tem alguma coisa, e eu vou descobrir o que é.

Oi, Paulo.

Tudo bem, Cris?

Tudo, e você? Desculpa, te manchei de batom.

...

Como é que você está se sentindo?

Eu estou bem, Cris. E você?

Tudo bem. Nossa! Nós rezamos muito por vocês.
Obrigado pela intenção.
É estranho.
O quê?
Essa situação. Eu queria dizer tanta coisa...
Eu acho que eu deveria ouvir o conselho dos médicos, sabe? Talvez seja melhor eu descansar um pouco.
Claro. Eu só queria te dar um beijo e dizer que estamos muito felizes por ter você de volta.

E aí, Cris? O que achou dele?
Ele parece bem.
Você está de carro?
Não, peguei um táxi direto do trabalho. Hoje é o meu rodízio.
Eu te levo em casa.
Não fica ruim pra você?
Imagina.
Eu vou aceitar a carona.
A senhora vai ficar, dona Inês?
Vou dormir aqui, claro.
A senhora precisa de alguma coisa?
Não, eu estou bem.
Então, até amanhã, dona Inês.
Obrigada pela força, Carlos.
Um beijo, dona Inês. Fica com Deus.
Você também, minha filha.

O que você achou dele?
Não sei.
A dona Inês achou ele um pouco agressivo.

Eu não sei o que dizer. Mas acho que vim com muita expectativa.

É. Acho que eu também. Ele perguntou alguma coisa sobre a Luci e a Ingrid?

Não, ele mal falou comigo. Ele deve estar exausto com tudo isso.

É. A dona Inês achou isso estranho.

O quê?

Ele nem perguntar sobre a mulher e a filha.

Sabe, eu também acho estranho.

É. Eu estou dando um desconto. Acho que ainda não caiu a ficha.

Pode ser. Mas eu fiquei arrasada.

Não fica.

Por isso eu aceitei a carona. A forma como ele se apressou pra se livrar de mim me deixou muito deprimida. Eu estava louca para encontrar com ele.

Ele me falou que é difícil da gente entender que para ele o tempo não passou.

Mas isso também me incomoda porque, se o tempo não passou, eu acho estranho ele estar tão amargo.

Ele está cansado. E também pode achar que estamos conspirando para que ele acredite no contrário. Primeiro sua mãe, depois um policial, e ainda a gente, os amigos. Não deve ser uma situação confortável.

Acho que você tem razão.

E o Ivan? Quando ele volta?

Ele deve voltar na quinta.

Congresso?

É, ele foi para um congresso em Ribeirão.

Mas vocês estão bem?

Mais ou menos.

O que aconteceu?

Na verdade a gente percebeu que não está dando muito certo.

Não está dando certo?

Nosso relacionamento.

Sério?

É. Mas é melhor assim. Nós conversamos, e acho bom porque estamos de acordo. Acho bom que tenhamos percebido isso agora, enquanto ainda nos gostamos e não perdemos o respeito. Você me entende.

Que pena, Cris.

Mas a gente está levando numa boa. Estamos muito conscientes de tudo. Isso é o que importa. No fundo, eu nunca esqueci o Paulo.

Sério?

É. Eu sei que não é para ter esperança nem nada. Desde que ele se casou com a Luci e ela sempre foi minha amiga também. Só que no fundo eu sempre gostei dele. Eu sei que a gente só ficou uma vez, mas eu não consigo esquecer. Eu sempre gostei dele. Desde o ginásio.

Que coisa, Cris. Então deve ter sido por isso que você achou que ele foi frio com você. Não que ele não tenha sido. Só que você devia estar com muita expectativa mesmo. Eu também estava muito ansioso. Esperava um reencontro mais, sei lá, mais caloroso. Mas ele deve estar muito cansado e confuso. Em pouco tempo ele vai ser como sempre foi. Nós precisamos estar ao lado dele e dar esse tempo. Ele precisa muito da gente agora.

Eu sei. E o que mais quero é estar ao lado dele.

2

Como você se sente?

Cansado.

Ao menos você conseguiu dormir bem?

Acordei muitas vezes no meio da noite. Não é bom acordar num hospital.

Imagino que não. Por outro lado, aqui você está cercado de cuidados, não é mesmo?

...

E você conseguiu lembrar de alguma coisa?

Nada.

Acho que ainda é cedo.

Não sei dizer. Esse tempo não passou pra mim, entende?

É difícil até de imaginar. E você não lembra de nada?

O que você fez ontem?

Eu? Nada de mais. Por quê?

Mesmo assim, mesmo que não tenha feito nada de mais, o que é que você fez ontem?

Eu sei lá. Mas por que você está perguntando isso?

Só pra ver se você me entende. O que você fez?

Ontem? Eu fui trabalhar... depois a Cris me ligou e eu vim te visitar.

Que mais?

Sei lá. Peguei um puta trânsito na ida... depois, quando saí daqui, fui pra casa, esquentei um pedaço de pizza no micro-ondas e fiquei vendo TV... depois fui dormir.

Agora, imagine se você acordasse hoje, chegasse no trabalho e todo mundo ficasse surpreso e dissesse que se passou um ano?

...

Entendi. Então é assim que você se sente?

É isso.

Essa sensação deve ser horrível.

Pra mim nada aconteceu. Eu não tenho como mostrar esse entusiasmo que vocês demonstram ao me ver. Eu sei que isso pode parecer duro, mas, pra ser honesto, nem senti falta de vocês. O que foi um ano pra vocês foi ontem pra mim.

É... É difícil...

Oi, Carlos.

Bom dia, Johnny.

É sério que o Paulo apareceu?

É. Estive com ele ontem.

Porra, e o que aconteceu?

Ele não se lembra de nada.

Mas onde encontraram ele?

Não encontraram. Ele apareceu.

Caramba!

É. É uma história muito confusa.

Ele vai voltar a trabalhar com a gente?

Eu acho que sim. O cara some e, quando volta, a vida que ele tinha não existe mais. A casa onde ele morava foi alugada, a mulher e a filha desapareceram e ele nem sabia disso. O mundo é outro. Eu acho que o Rodríguez vai querer ele de volta, nem que seja pra dar uma força. Ele precisa trabalhar, e também precisa de um tempo.

E ele não sabe nada sobre a mulher e a filha?

Nada.

Caralho!

Ele contou que de repente estava em frente ao prédio e o porteiro disse que ele não morava lá. Então ele pensou que talvez aquilo fosse algo que ainda não tivesse acontecido.

Como assim?

Era um porteiro novo. O cara não o conhecia mesmo, e a mãe do Paulo entregou o apartamento ao proprietário depois de uns nove meses do desaparecimento do Paulo. Aí o Paulo achou que talvez ainda não tivesse se casado, não tivesse filho e talvez ainda morasse com a mãe. Por isso ele foi para a casa dela achando que aquilo ainda viria a ser.

Mas foi ele que te falou isso?

É, foi o que ele disse. Foi o que ele pensou. Isso dá pra gente fazer uma ideia do estado de confusão mental que ele ficou.

Se ele percebeu que isso não faz sentido, parece um bom sinal.

Eu também acho. Porque depois ele mesmo percebeu o absurdo desse raciocínio, e isso parece bom mesmo. É sinal de que ele está recobrando o juízo.

Cada uma. Ah! Mudando de assunto, eu acabei de te mandar por e-mail as planilhas que você pediu para o relatório.

Legal. Preciso fechar isso ainda hoje.

Acabei de enviar.

Eu vou conferir.

Bom dia.

Bom dia. Eu vim visitar um paciente no quarto 103.

Você é da família?

Não. Sou amigo.

Só um minuto.

Pois não.

...

O paciente do 103 teve alta hoje pela manhã.

Alta?

É. O sr. Paulo Maturello.

E ele foi para casa?

Imagino que sim.

Obrigado.

Dona Inês? Bom dia.

Bom dia, Carlos.

Como é que está o Paulo?

Ele deitou um pouco.

Eu passei no hospital.

Eu ia te avisar, só que não encontrei o número do seu telefone.

Vocês voltaram agora cedo?

Acabamos de chegar. Os médicos fizeram uns exames e depois nos liberaram. Ele volta para uma consulta na semana que vem, quando os exames ficam prontos.

Mas está tudo bem?

Tudo bem.

Então deixa ele descansar. Eu ligo mais tarde. A senhora está precisando de alguma coisa?

Não, obrigada. Eu só quero saber se ele vai poder voltar para o trabalho.

Eu falei com o Rodríguez, ele deve ligar ainda hoje para falar com o Paulo.

Graças a Deus.

Qualquer coisa, a senhora me mantém informado, está bem?

3

Bom dia, eu tenho uma consulta com o dr. Leopoldo.

Seu nome?

Paulo Maturello.

É a primeira vez?

Primeira vez.

O senhor precisa preencher essa ficha.

Fecho a porta, ou deixo aberta?

Pode encostar.

Onde eu sento?

Onde for mais confortável para você.

Vou ficar na poltrona.

...

Então, Paulo, o que o traz aqui?

É uma história meio longa.

Nós temos uma hora. Acho que dá para começar. Vamos tentar?

Acho que dá para fazer um resumo.

Você já fez terapia antes?

Fiz na adolescência.

Certo. E o que o levou a fazer terapia naquela época?

Eu perdi um irmão.

Quer falar sobre isso?

Não sei.

Você tem outros irmãos?

Tenho uma irmã.

Você é o mais velho?

Não. Minha irmã é a mais velha.

E como você perdeu seu irmão?

Ele morreu afogado.

Ele era mais novo que você?

Não. Era mais velho.

Então você é o caçula. Que idade você tinha?

Eu tinha sete anos.

Quer falar sobre isso?

Sobre o quê?

Sobre a sua perda?

É isso. Ele saiu com uns amigos. Foram nadar numa represa e ele se afogou. Eu não lembro muita coisa. Eu era muito pequeno.

Quantos anos ele tinha?

Treze.

Por quanto tempo você fez terapia?

Não sei ao certo. Acho que foi coisa de um ano. Talvez um pouco mais.

Você acha que a terapia te ajudou no processo da perda?

Não sei dizer. Acho que sim. Eu até que gostava de ir à terapia.

E por que você gostava?

Eu era criança. Era um mundo estranho pra mim. Eu só queria brincar. E lá eu podia ficar desenhando. Era um lugar diferente.

Diferente?

É. Não havia muita pressão ali. Muitas vezes eu passava a sessão toda só desenhando.

Você gosta de desenhar?

Na época eu gostava. Às vezes eu ficava brincando. Era bom.

Fale mais sobre isso.

Era bom porque meus pais pensavam que eu estava fazendo algo sério mas no fundo... eu tinha um pouco de paz.

Em casa você não se sentia em paz?

Não que tivesse qualquer coisa errada por lá. É que, acho que toda criança sente isso, eu me sentia mais à vontade quando estava longe de meus pais. É só isso.

Do que você gostava de brincar naquela época?

Eu gostava de brincar de hominho. Era como eu chamava. Forte apache... essas coisas. Esses bonecos de plástico. No meu tempo eles não tinham nem articulação. Acho que isso acabava exigindo mais da nossa imaginação. Só estou falando isso porque vejo os brinquedos de hoje em dia e eles parecem exigir bem menos da parte das crianças. É só ver um desses video games, por exemplo. Não sei se estou conseguindo ser claro.

...

E o que o traz aqui, agora?

Bom... Na verdade eu fui quase obrigado a vir.

Obrigado?

É.

E quem obrigou?

Ninguém me obrigou, mas eu passei por uma situação um pouco incomum e as pessoas meio que estão me pressionando.

...

Fale um pouco sobre essa situação.

Eu estou bem. É que as pessoas não entendem isso.

Quem são essas pessoas que o pressionam?

Ah! Minha mãe, os amigos, e tem também um investigador.

Investigador?

É. Um policial que trabalha no caso. Nisso que acabo de passar.

...

Fale um pouco sobre o caso em questão.

Eu fiquei desaparecido por cerca de um ano.

Desaparecido?

É.

...

E o que aconteceu durante esse período?

Eu não sei.

Não sabe?

Essa é a questão. Não me lembro de nada. É isso que perturba as pessoas.

Então essa ausência se dá num sentido literário?

Como assim? Quer saber se eu desapareci mesmo, é isso?

Isso.

Eu sumi mesmo. Fiquei fora do ar, pra valer. Pelo menos é o que eles dizem.

...

É o que eles dizem?

É. É o que dizem.

...

E você acha que isso perturba as pessoas?

Você acha que não?

Não sei.

Como, não sabe?

...

Então você acha que isso perturbou as pessoas?

Eu não acho. Isso perturbou. Perturba.

Certo.

...

E, além do mais, eles dizem que, quando desapareci, eu estava com minha mulher e minha filha. Mas só eu voltei.

Fale um pouco mais sobre isso.

É isso. Quando aconteceu, seja lá o que for, eu estava com a minha família.

E onde elas estão agora?

Eu não sei.

Elas não voltaram com você? Continuam desaparecidas?

Continuam.

E você faz ideia de onde elas possam estar?

Não. Nenhuma.

...

Você disse que voltou, não é mesmo?

É.

Fale mais sobre isso.

É isso.

...

E de onde você teria voltado?

Eu já falei. Não faço ideia. O que as pessoas não entendem, e eu acho que isso é importante para você entender o meu ponto, é que para mim esse tempo não passou.

Você deve estar sob um forte estresse.

Por favor, doutor, não me venha com essa de que eu bloqueei as lembranças em razão de um trauma.

Você acha que não é isso que está acontecendo?

Eu tenho certeza que isso não tem nada a ver com o fato de eu não me lembrar desse período.

E o que te dá tanta certeza disso?

O que eu sinto. E o que sinto é difícil de explicar.

Você sente dificuldade para externar seus sentimentos?

Que seja.

...

E o que você acha que aconteceu com você durante essa ausência?

Eu não faço a menor ideia.

E por que você tem tanta certeza de que as lembranças não foram bloqueadas?

Eu sei que não é isso.

Então por que você não se lembra?

Isso eu ainda não sei.

Mas, quando você voltou, o que passou pela sua cabeça?

Passou uma coisa estranha. Uma ideia esquisita.

Fale mais sobre isso.

Esse tempo não passou para mim. Esse tempo não existiu de fato. Então eu pensei que talvez... talvez... não sei como dizer...

...

Deixe fluir. Pense em voz alta.

Esse lance... como posso dizer... é uma coisa meio absurda, eu sei... é como se...

Deixe sair. Não estou aqui para julgá-lo.

Não, é que tenho a impressão de uma coisa, mas só como forma de ilustrar esse pensamento.

Vá em frente.

Só que eu não quero que você pense que eu sou louco, nem nada disso…

Deixe fluir. Eu não estou aqui para julgá-lo e não vou achar que está louco.

É como se isso não tivesse acontecido comigo. Entende?

Sim. Entendo, mas vamos tentar detalhar um pouco mais esse quadro, ok?

O que eu quero dizer é que a impressão que eu tenho é que… é como se fossem eles que, sei lá, caso isso tenha realmente acontecido, caso eu tenha ficado mesmo um ano fora do ar… Talvez eles é que de repente tenham avançado no tempo… ou coisa do tipo. Percebe a loucura disso tudo?

Vamos em frente. Às vezes é mesmo difícil passar a complexidade de nossos sentimentos. Continue deixando fluir. Não se importe com o que acha que eu possa pensar. Estou aqui pra te ajudar.

Não consigo ser muito claro a respeito.

…

Deixe-me ver se entendi. O que você está tentando dizer é que você sente que esse tempo só passou para quem estava fora da sua experiência. É isso?

É isso! Até que enfim alguém consegue ao menos pensar sobre o que estou tentando falar.

Vamos aproveitar que estamos nos entendendo. Quero que você procure seguir esse veio. Vamos seguir sua reflexão sem nos importarmos com o caminho que isso possa tomar. Ok? Tudo bem.

Tá legal.

Olha, Paulo, a coisa mais importante aqui é que este é um lugar neutro. Quero que você entenda que não estou aqui para julgá-lo. Compreende?

Tudo bem.

Quero que você fique à vontade.

Eu estou bem. Me sinto bem aqui.

Tudo o que for dito fica aqui. Este é um lugar que pode comportar qualquer tipo de raciocínio. Certo?

Tudo bem.

...

Fale mais sobre essa sensação.

É isso. Eu tinha saído com a Lu, minha mulher, e a Ingrid, minha filha, e essa é minha última lembrança.

E onde vocês tinham ido?

Nós fomos, quer dizer, íamos passar o fim de semana no sítio de um amigo que fica em Ibiúna.

Quando aconteceu o desaparecimento, vocês estavam no sítio?

Não. Nunca chegamos ao sítio.

Continue, por favor.

Então, no que para mim era o dia seguinte...

Desculpe interromper, mas no dia seguinte? Da viagem?

É. É, eu volto da viagem e encontro as pessoas atordoadas. Me levam para o hospital, dizem que se passou um ano. E elas ficam se fazendo de magoadas porque eu digo a elas que não dá para fazer festa porque nem senti a falta delas. Não sei se você consegue entender isso.

Só para me situar melhor, você disse que quando voltou, nesse ponto que você chamou de dia seguinte, seria o dia em que você voltou da viagem, não é isso?

Isso.

Por outro lado, você diz que não chegou ao sítio. Então, a viagem também não existiu, não é mesmo?

Acho que eu considero a viagem por causa de todos os preparativos, sabe? Ingrid, minha filha, tinha quatro anos e tínhamos uma porção de coisas para levar e eu carreguei o carro com as compras e tudo o mais. Então acho que considero a viagem, mesmo que ela não tenha acontecido, porque guardo essas lembranças. Lembro inclusive de acordar cedo e de pegar a estrada.

Entendi. E você nem chegou ao sítio ou você não sabe se chegou?

O sítio é de um amigo, mas não tinha ninguém lá. Tinha o caseiro, mas ele teve que ir até o centrinho de Ibiúna comprar alguma coisa e, se é que eu estive no sítio, ninguém me viu por lá. Eu também acho que deveria me lembrar disso. A polícia vasculhou o sítio tentando encontrar alguma evidência e, pelo laudo que eles fizeram, acreditam que nós realmente não estivemos lá. Então, como tenho alguma lembrança da estrada, é provável que, caso tenhamos desaparecido, isso se deu no trajeto.

Certo.

...

Por que você diz que sua filha tinha quatro anos? Por que usou o verbo no passado?

O que foi que eu falei?

Você realmente não está convencido dessa passagem de tempo?

Não sei. É tudo muito confuso.

E quanto ao desaparecimento?

Eu ainda não estou convencido disso também. Por mais estranho que possa parecer.

...

E a polícia tem alguma pista, algum suspeito?

O que sinto é que no momento eu sou o principal suspeito.

E por que você acha isso?

Acho que é natural. Se algo aconteceu e eu voltei, no mínimo eu seria uma importante testemunha e, como não me lembro de nada, naturalmente me torno o principal suspeito. Isso não me incomoda.

Isso não o incomoda?

Não. Eu entendo.

E o que te incomoda?

O que me incomoda é sentir que a maioria das pessoas que conheço também tem a mesma desconfiança. Elas não dizem isso abertamente, só que eu sinto isso.

Fale mais sobre isso.

Mas pior do que essa desconfiança é a cobrança que elas me fazem.

Você se sente cobrado?

É. Porque o fato delas desconfiarem eu até posso engolir, só que essa cobrança de que não demonstro sentir falta da minha mulher e da minha filha, isso, sim, me irrita profundamente.

Entendo.

E, pior do que isso, elas ficam cobrando que eu devia estar mais preocupado com a situação. Ficam cobrando uma atitude exagerada da minha parte.

Entendo.

Isso me irrita. Isso me irrita muito. Elas ficam fazendo drama com toda essa história. No fundo, acho que elas só querem acobertar essa desconfiança, sabe?

Você sente isso?

Porque, se pensarmos friamente... se algo realmente aconteceu, de qualquer forma eu voltei inteiro, então acho provável que as meninas também possam estar bem.

...

Deixe-me ver se entendi, de certa forma o que você quer dizer é que, se o tempo não passou, você não tem como sentir essa ausência que eles vivenciaram, é isso?

Exato!

...

Mas você acha que, do ponto de vista deles, a atitude que estão tomando é coerente?

Tudo bem. Eu entendo isso. Acho que o que eles sentem pode ser coerente.

Certo...

O que eles não entendem é o meu ponto de vista. Porque, se para mim o tempo não passou... Não só o tempo, se para mim nada aconteceu, elas deveriam entender o meu ponto de vista também e não deveriam cobrar esse tipo de reação.

Entendo.

...

Fale um pouco mais sobre a sensação de tomar consciência do desaparecimento de sua mulher e de sua filha. Deixe-me entender melhor esse sentimento.

Como posso dizer? Eu sei lá.

Imagino que seja mesmo difícil.

...

Aconteceu uma coisa engraçada quando eu voltei.

Fale sobre isso.

...

Eu fui até o prédio onde morava e quem me atendeu foi um porteiro que não trabalhava lá quando eu alugava o apartamento. Porque, como nós sumimos, o proprietário acabou entrando em contato com a minha mãe, que é minha fiadora, e depois de uns meses, pelo que ela disse, eles resolveram retirar minhas coisas do apartamento e o proprietário alugou para outra pessoa. Então, quando o porteiro disse que eu não morava lá...

Continue...

...

Quando o porteiro disse que era outra família que morava no 44, eu pensei que então, talvez, aquilo ainda não tivesse acontecido, deu para entender? Eu acho que não estou conseguindo ser muito claro.

Eu acho que estou conseguindo te acompanhar. Fale mais sobre o que você chamou de aquilo.

Aquilo? O que foi que eu chamei de aquilo? Não lembro. Acho que me perdi.

Você disse que, quando foi informado de que outra família ocupava o apartamento onde você morava, você pensou que talvez "aquilo ainda não tivesse acontecido".

Ah! É. Eu pensei: então eu ainda não me casei. Então, eu moro ainda com a minha mãe. O que eu chamei de aquilo é o fato de eu morar lá. Não sei se está dando para entender.

Vamos seguir. Continue, por favor.

Daí eu fui para a casa da minha mãe, que era onde eu morava antes daquilo acontecer. Isso que estou falando...

O fato de você morar naquele prédio.

Não só isso, mas o fato de eu ter me casado, de ter mulher e filha e de morar naquele prédio. Ou seja, antes de eu me casar e ir morar naquele prédio. Então, quando o porteiro falou que outra família morava lá, não senti que essas pessoas ocupavam o meu lugar. Senti como se aquele lugar ainda não me pertencesse.

Acho que temos um bom caminho aí.

Você consegue me entender?

Creio que sim. É importante voltarmos a esse ponto para que eu tenha uma visão mais clara do seu ponto de vista. Vamos destrinchar um pouco mais esse ponto. Mas, antes, vamos retroceder um pouco mais. Fale de quando você ainda morava com a sua mãe. Fale um pouco dessa transição entre deixar a casa da sua mãe e o seu casamento.

...

Demorei a sair de casa. Digo da casa dos meus pais. Quando me casei, eu tinha vinte e nove anos, e até então morei com os meus pais.

Seus pais são vivos?

Não. Meu pai morreu há dois anos. Minha mãe é viva.

Certo. Prossiga.

Então, eu morava com meus pais e...

...

E?

Nossa! Me deu um cansaço… um cansaço mental…

Relaxe. Quer um pouco de água?

Eu aceito, por favor.

…

Vamos tentar outro caminho. Fale um pouco mais sobre o momento em que você ia para o sítio e sobre quando as pessoas o levaram ao hospital dizendo que você estava desaparecido fazia cerca de um ano.

É isso que eu já falei. Não consigo ser mais claro do que isso.

Tudo bem. A questão que me intriga um pouco é a seguinte: você diz que estava indo para um sítio acompanhado de sua mulher e de sua filha. É isso?

Isso.

Então você retorna. Ok?

Isso.

A minha dúvida é: você não percebeu, ou não sentiu, que faltava algo? Você nem chegou a notar que tinha voltado sozinho? Era como se você tivesse voltado a um tempo anterior a seu casamento e ao nascimento de sua filha. É isso?

É isso. Eu não percebi. Não dei falta da minha mulher nem da minha filha porque… é exatamente isso, era como se eu tivesse voltado para antes disso ter acontecido. Como se eu tivesse voltado para antes do meu casamento.

Acho que você está conseguindo se expressar. Isso é muito bom.

E é muito bom que você esteja conseguindo me entender. Porque até agora ninguém conseguiu isso.

Paulo, vamos fazer o seguinte: nós estamos quase no fim da sessão. Não posso negar que seu caso é um grande desafio e que isso o torna muito estimulante. Sei que vamos ter bastante trabalho e que às vezes vai parecer que não estamos saindo do lugar. Por isso acho muito importante que você faça ao menos três sessões por semana. Acho que, se nos esforçarmos, poderemos chegar ao cerne da questão e creio que isso vai ser muito positivo para você.

Pode ser.

Acho importante esse investimento. Preciso frisar também que o objetivo da análise não é encontrar a sua família e que não há garantias de que você recobre as lembranças disso que foi bloqueado. Mesmo assim, acho que seria um grande investimento para você. O que você acha?

Me parece bom. Eu não sei.

...

Pense um pouco. Não precisa dar uma resposta agora.

Eu gostei disto aqui. Você foi a primeira pessoa que conseguiu acompanhar o que está se passando comigo e realmente não me senti censurado ou julgado. Acho que pode ser bom continuarmos. Eu só estou um pouco cansado.

Nós precisamos ir com calma.

É. Eu preciso ir aos poucos...

Eu também queria te propor, caso você opte por seguir com as sessões, o que, volto a afirmar, seria um grande investimento para você, eu queria propor um recurso que não costumo utilizar com frequência mas que, dada a complexidade do caso, poderia ser de grande valia.

O quê?

Eu gostaria de ter a sua permissão para gravar nossas sessões.

Mas você já não está fazendo isso?

Não, claro que não. E te asseguro que ninguém jamais terá acesso a essas gravações. Isso seria um recurso para que eu pudesse rever com precisão cada uma das sessões para me aprofundar no caso.

Por mim, tudo bem.

Ótimo. Ótimo.

4

Paulo, você precisa levantar. Seu Olímpio está aí.

Quê?

O seu Olímpio.

Ele está aqui?

Tome um banho. Eu pedi para a Maria abrir. Anda logo, vou recebê-lo.

Estou indo, mãe.

...

Por favor, Paulo, seja gentil com ele.

Claro, mãe.

Você sabe tudo o que ele tem passado.

Olha, mãe, acho que você nem precisava me pedir isso.

Eu sei, Paulo. É que pra você é tudo diferente. Você não sabe o que a gente tem passado. E o seu Olímpio, pobre coitado, ele perdeu tudo. A filha, a neta e há poucos meses a mulher. Ele está desamparado. É por isso que peço para que você seja gentil com ele.

Eu vou tomar um banho rápido e já desço.

Não demore, meu filho.

Entra, seu Olímpio.

Como vai, dona Inês?

Vamos indo, não é mesmo? E o senhor, como tem passado?

Vamos levando.

...

O Paulo está tomando banho. Não deve demorar.

E como ele está?

Assim, assim.

Deus está nos testando, dona Inês.

É, seu Olímpio. Nem me fale...

Só pode ser isso.

...

A senhora parece bem, dona Inês.

O senhor também. Apesar de tudo, o senhor continua forte.

E o Paulo? Ele realmente não se lembra de nada?

Nada.

Que coisa.

Eu vou ter que falar baixo, mas sabe, seu Olímpio, ele não é mais o mesmo.

Mas ele está bem?

Por fora, seu Olímpio.

Entendo.

A cabeça dele não está muito boa.

Pudera. Deve ser por isso que ele não consegue lembrar. Imagine o que ele não deve ter passado.

Eu não gosto nem de pensar. O que me consome é elas não voltarem.

Elas vão voltar, dona Inês. Pra ser sincero, eu tinha perdido as esperanças, mas, quando o Paulo voltou, me veio uma certeza de que elas também voltarão.

Deus te ouça, seu Olímpio. Deus te ouça. No fundo eu procuro não ter expectativa. Eu não quero ficar alimentando a esperança.

Eu entendo a senhora.

...

Como vai, seu Olímpio?

Paulo. Que bom ver você, meu rapaz.

...

Eu vou passar um cafezinho.

...

Meus sentimentos, seu Olímpio. Eu lamento por dona Carlota.

Pra você ver como são as coisas. Ela vinha enfrentando bem, sabe?

Deve estar sendo muito difícil para o senhor.

Ela estava resistindo. O câncer estava sob controle. Mas, quando vocês desapareceram, ela não aguentou. Ela entregou os pontos.

Eu sinto muito.

...

Paulo, você acha que elas vão aparecer?

Eu não sei, seu Olímpio. Sinceramente não sei.

Sabe, Paulo, eu fiquei muito surpreso quando disseram que você tinha voltado. Eu não tinha mais esperanças.

Eu imagino.

Você acha que elas podem estar vivas?

Eu não sei.

Mas o que você acha?

Olha, seu Olímpio, eu quero acreditar que sim.

Eu acho que logo, logo nós vamos ter notícias. Eu tenho certeza que elas vão voltar, assim como você voltou.

Vamos torcer por isso.

...

A gente não é ninguém quando está sozinho.

Como foi lá no psicólogo?

Foi legal, mãe. Só que é uma paulada.

Quanto?

Ele disse que, se eu fizer três vezes por semana, ele faz por cento e cinquenta a sessão.

Até que não é muito. Seiscentos reais por mês. Se for para te ajudar.

Não, mãe, são quatrocentos e cinquenta reais por semana, mil e oitocentos por mês.

Mesmo assim. Se for para você recuperar a memória e encontrar sua família, eu não acho muito.

É, mas isso não é garantido.

Eu acho que você deve fazer. Eu banco enquanto você não estiver recebendo.

Você já está pagando o depósito que está guardando minha mobília.

Mesmo assim. Não importa. Eu aperto um pouco.

Não acho justo a senhora arcar com essa despesa.

Eu pago o que for preciso para encontrar minha neta. Eu

quero terminar com esse pesadelo todo de uma vez. Pode ligar lá no consultório e marcar essa terapia.

...

Você ouviu?

Ouvi, mãe.

Então o que está esperando?

Amanhã eu ligo.

...

E você ligou lá para o seu Rodríguez?

Ainda não, mãe.

Não acha que é melhor ligar?

Eu vou ligar.

Eu acho que o quanto antes você ligar, melhor.

Eu sei. Eu quero tirar uns dias.

É você quem sabe.

Paulo?

Oi, Carlos.

Como é que você está?

Tudo bem, e você?

Legal. Sua mãe me falou que você começou a terapia ontem.

É.

E aí? Como foi?

Legal. Foi legal.

Que bom. Eu e a Cris estávamos pensando em dar uma passada aí hoje à noite. Se você preferir, a gente pode te pegar e sair para jantar ou fazer alguma coisa. Você está com vontade de comer algo especial?

Olha, Carlos, acho que prefiro ficar por aqui. Eu preciso descansar um pouco. Vamos deixar para outro dia.

Não quer que a gente dê uma passada aí? Nós podemos levar algo.

Eu acho que prefiro ficar um pouco sozinho.

Tá certo. Eu te ligo amanhã. Ah! O Rodríguez te ligou?

Não que eu saiba. Por quê?

Eu falei com ele e ele disse que você pode voltar quando quiser. Ele disse que ia te ligar.

Legal. Talvez eu tire uma semana antes de voltar ao trabalho.

Isso pode ser bom. É bom você descansar um pouco.

Eu estou precisando.

E você teve alguma novidade?

Novidade?

É. Alguma notícia das meninas, alguma lembrança?

Não. Por enquanto nada.

Bom, a gente fica em contato.

Isso.

Um abraço.

Outro.

5

E aí, Paulo, como vão as coisas?

Oi, Carlos. Tudo bem, e você?

Tudo bem.

Que bom.

...

Você falou com a Cris?

Não nesses dias.

Ela não te ligou?
Ah! Parece que ela ligou, mas eu já tinha deitado.
Entendi. É que ela disse que ia te ligar.

Paulo, desce que a sua irmã está aqui.
Estou descendo.
...
Paulinho.
Oi, Fernanda.
Que saudade.
Calma, você está me esmagando.
Você está bem?
Eu estou bem, e você?
Nossa, que saudade.
Oi, Humberto.
Como vai, Paulo?
Tudo em ordem.
Cara, que susto que você deu na gente.
E ainda não sabem nada da Luci e da Ingrid?
Ainda não, Fernanda.
Porra, brother, que sufoco tudo isso, hein?
É, Humberto.
Eu vou fazer um café.
Eu quero, mãe. Morro de saudade do seu café. Tomamos um no aeroporto que estava horrível.
Esses cafés *espressos* são muito fortes. Me atacam o estômago.
Mas e aí?
E aí, Nanda?
Você não lembra de nada?
Não.
Que coisa, isso.
Pô, brother. Que parada sinistra.

Pelo menos eu fiquei com mais esperança agora. Acho que agora, sim, eles vão encontrar a Luci e a Ingrid.

Meu, eu não tenho dúvida disso, não é mesmo, Paulo? Só que eu acho que a parada é mesmo mais cabulosa. Acho que ninguém vai conseguir encontrar as duas. Acho que elas vão aparecer igual teu irmão.

Isso pra mim não importa. Eu só quero que elas voltem. Não é, Paulinho?

É.

Cara, outro dia eu estava assistindo um desses programas, acho que foi no Discovery. Você já viu esses programas de caçadores de óvnis, *Arquivos Extraterrestres*, já viu esses programas?

Não, Humberto. Nunca vi.

O que você acha dessas paradas, meu?

Eu acho uma puta besteira.

Porra! Então você é aquele tipo que acha que em todo o universo só existe vida aqui? Isso é que eu acho uma bobagem, saca?

E por que você está falando isso, Humberto? Você acha que eu fui abduzido?

Porra, meu! Eu acho que isso seria muito mais lógico do que aceitar que você sumiu e tal, e principalmente se você não sabe onde esteve e ninguém te viu durante esse tempo todo e tal.

...

Olha o café. Vocês estão com fome?

Não, mãe. Eu e o Humberto comemos um pão de queijo lá no aeroporto.

Porque o almoço ainda vai demorar um pouco.

Eu queria era tomar um golinho daquele uísque. A senhora ainda tem aquela garrafa aí?

Você não vai tomar o café?

Vou, sim, sogrinha. Estou falando de tomar o uísque depois do café. Tipo aperitivo pra abrir o apetite. Não é não, Paulão?

É.

...

Não é meio cedo, não?

Pô, Nanda. Eu não tenho que trabalhar hoje. Ô sogrinha, eu estava falando pro Paulo que, pra mim, ele foi abduzido, o que a senhora acha disso?

Foi o quê?

Abduzido. Foi tipo sequestrado pelos ETS.

Não fala bobagem, Humberto. E você ainda nem começou a beber.

Pô, sogrinha. Vocês têm a cabeça muito fechada. Vocês só acreditam no que diz no *Jornal Nacional*.

Eu acho que essa história é séria demais para ficar fazendo brincadeira.

Ô sogrinha. Eu não estou brincando.

Beto, dá um tempo.

Eu vou lá fora fumar um cigarro. Vamos lá comigo, Paulo?

Eu vou ficar.

Vai lá fora com ele um pouco, vai, Paulo. Ele fica aqui e se irrita com tudo o que eu falo. Mas eu já falei para ele, Fernanda, que ele precisa se mexer. Se ele não quer morar comigo, então ele precisa retomar a vida. O seu Rodríguez já falou para o Carlos que ele pode voltar ao trabalho quando quiser. Mas ele fica aí, largado.

...

Tá bom, mãe. Eu vou lá fora.

...

Sabe, Fernanda, ele não está bem.

Ele parece meio deprimido. Mas também, mãe, não deve ser fácil. Ele está passando uma fase muito difícil.

É, mas, se a gente ficar passando a mão na cabeça dele, aí é que ele não vai se mexer.

Eu sei, mãe. Só que a gente precisa dar um tempo para ele reagir.

Sabe, Fernanda, eu vou ser franca com você. Elas não vão aparecer.

Credo, mãe! Por que a senhora está falando isso?

Escuta o que eu estou falando. Pode ir tirando o cavalinho da chuva.

Não fala uma coisa dessas, mãe!

Quer saber? Esse aí não é o meu filho que desapareceu.

Que é isso, mãe! Imagina se ele ouve uma coisa dessas!

Tem alguma coisa muito errada nessa história toda.

Por que a senhora está falando isso?

Porque eu sou mãe. Eu sei. Eu sinto.

6

Paulo. Tem um policial aí querendo falar com você. Será que eles descobriram alguma coisa?

Vamos ver.

Troca de camisa, Paulo. Essa aí está toda amarrotada.

Eu não vou trocar de camisa, mãe.

Isso! Assim eles pensam que eu sou desleixada.

Dá um tempo, vai, mãe.

Vai logo trocar essa camisa, Paulo. Ou você já quer me deixar nervosa logo cedo?

Eu não vou trocar de camisa, mãe.

Paulo, vá agora trocar essa camisa!

Que saco, mãe.

...

Bom dia. A senhora deve ser a dona Inês.

Isso mesmo, e o senhor?

Eu sou o investigador Braga. Como vai a senhora?

Vamos indo. Vocês descobriram alguma coisa?

O Paulo está?

Está, ele já deve estar vindo. Por favor, diz logo, descobriram alguma coisa?

Não, dona Inês. Por enquanto ainda não descobrimos nada. Eu queria trocar umas palavrinhas com o Paulo.

...

Bom dia.

Paulo, esse é o investigador Braga.

Como vai?

Paulo, eu queria te fazer umas perguntas, pode ser?

Eu já dei dois depoimentos.

Eu sei. Mesmo assim gostaria de conversar um pouquinho com você.

Pode falar.

Dona Inês, será que a senhora poderia nos dar licença? Eu gostaria de conversar em particular com o Paulo. Espero que a senhora me entenda.

Claro, claro. Fiquem à vontade. Vou aproveitar para passar um café.

Obrigado, dona Inês, eu não tomo café.

Não?

Não. Muito obrigado.

O senhor aceita um suco, refrigerante?

Eu estou bem, dona Inês. Obrigado.

Bom, então dá licença.

...

Paulo, eu vou ser breve. Por isso vamos direto ao assunto. Eu só vim até aqui, pessoalmente, porque quero deixar bem claro que eu não engulo a tua lenga-lenga.

Como é?

Eu vou estar na tua cola. Está me entendendo?

...

Você está me ouvindo?

Estou. Só não estou entendendo.

Por que você não desembucha de uma vez?

Com quem você pensa que está falando?

Se eu fosse você, não levantaria o tom de voz.

Você acha que pode ir entrando assim na casa dos outros, e ir falando qualquer merda?

Eu sei qual é a tua. Eu vou ficar na tua cola.

Se você já terminou, pode ir embora.

Eu sei que você está envolvido.

Por favor, sai da minha casa.

...

Paulo? Que foi?

Nada, mãe. Espera lá na cozinha que eu já estou acabando.

Por que essa gritaria?

Nada, mãe.

O que está acontecendo?

Vai lá pra dentro, mãe.

Está tudo bem, dona Inês. O Paulo se alterou um pouco, mas está tudo bem.

Vai, mãe.

Cada uma...

...

Por que você não diz de uma vez onde foi que você desovou os corpos?

Olha aqui, o senhor não tem o direito de vir na minha casa me insultar.

Cara, é bom você ficar consciente que eu vou te pegar. E não importa quanto tempo isso leve.

Era isso que você queria me dizer?

Não é justo você fazer isso com todas essas pessoas. Você não percebe a agonia que essas pessoas estão passando?

Sai da minha casa!

Acaba logo com isso.

Eu posso te processar por isso, cara.

Vá em frente.

Se era isso que você tinha a dizer...

Eu sei que foi você e eu vou te pegar.

...

Passar bem.

Onde você estiver, vou estar de olho em você. Eu vou ser a consciência que você não tem.

Paulo, você falou com o Carlos?

Ele ligou agora pouco. Por quê, mãe?

Pra saber.

Eu falei com ele.

A Cris também te ligou de novo ontem à noite. Até esqueci de avisar.

Depois eu falo com ela.

...

Também, avisar para quê? Você nunca liga de volta.

Eu vou ligar, mãe. É que agora... eu nem tenho o que falar com eles. Eles ligam todo dia.

Eles se preocupam com você. É só isso. Porque, ao contrário de você, as pessoas costumam se importar umas com as outras.

Que ótimo.

...

Onde você vai?

Vou para o quarto.

Por que você não sai um pouco?

Não estou com vontade de sair, mãe.

...

Você está se sentindo bem?

Estou. Por quê?

Por nada.

...

Qual é o problema, mãe?

Nenhum.

Você parece não aceitar que eu esteja bem.

Que bobagem! Eu perguntei se você está bem porque não está com uma cara boa.

Não estou?

Não. Não está.

Me desculpe. É a única que eu tenho.

...

Que é isso, mãe?

Você acha que é fácil? Acha que é a única vítima?

Para com isso, mãe. Não chora.

Eu estou esgotada. Eu não aceito a maneira como você vem agindo. Não acho justo como você vem nos tratando. Nós queremos o melhor para você.

Eu sei, mãe. Por favor, pare de chorar.

Eu não consigo ver você agindo como se nada tivesse acontecido. Você não move uma palha para encontrar minha neta. Você não se importa com nada. Já faz mais de duas semanas que você voltou, e tudo o que faz é se trancar no quarto ou passar o dia no sofá assistindo TV. E a terapia? Você não ia fazer a porcaria da terapia?

Você viu o preço que o cara cobra por sessão. E ele disse que eu teria que fazer três vezes por semana. A senhora sabe quanto essa brincadeira ia custar?

E quem vai pagar?

A senhora acha que isso ajuda? Isso só piora as coisas. Se ao menos eu pudesse pagar, era um fardo a menos.

Então por que você não volta a trabalhar? Se estivesse trabalhando, você mesmo arcava com as suas despesas. O Carlos falou que o seu Rodríguez disse que você pode voltar quando quiser. Então por que não vai trabalhar, em vez de passar o dia inteiro aí sem fazer nada?

Eu ainda não estou pronto para voltar a trabalhar.

É, quando convém, você não está pronto.

Dá um tempo, mãe.

Como vão as coisas?

Bem, e você?

Bem. Sabe, Paulo, eu preciso dizer que acho muito importante você ter dado esse passo e ter resolvido fazer análise.

É. Pode ser bom mesmo, eu espero.

Estou certo disso.

...

Pelo menos minha mãe me deixa um pouco em paz.

...

É meio difícil começar, não é?

Você acha?

É. Sei que você fica esperando eu falar alguma coisa, mas eu não sei por onde começar.

O silêncio diz muito.

Meio forçada essa, hein, doutor?

...

Mas é verdade. Se você se sente mais confortável, eu posso começar. Ainda não sei quase nada sobre você. Podemos começar a montar o seu perfil com coisas básicas. Você poderia começar falando sobre o seu trabalho. Em que você trabalha?

No momento, não estou trabalhando. Também, de certa forma, estou me readaptando.

De certa forma?

É, porque, como eu disse em nossa primeira sessão, para mim o tempo não passou. E, se o tempo não passou, não tenho que me adaptar a nada.

Então, por que você usou a palavra *readaptar*?

Bom, porque é isso. De um jeito ou de outro, as coisas mudaram. Mesmo que para mim nada tenha mudado, a forma como as pessoas me tratam é muito diferente. E em consequência disso eu acabo mudando.

Fale mais sobre isso.

É isso.

...

Preciso me adaptar à forma como as pessoas passaram a me tratar.

Entendo. Então você acha que as pessoas mudaram a forma como o tratavam?

Foi o que eu acabei de falar.

...

Fale mais sobre essa sensação.

Que mais eu posso falar sobre isso? Eu já falei.

Então me conte sobre o seu trabalho.

Eu sou analista de sistemas. Faço análise de sistemas. Ou fazia, sei lá. E, desde o incidente, acho que podemos chamar assim, não é mesmo? Quer dizer, mesmo que nada tenha acontecido.

Claro, vamos chamar de incidente.

Bom, desde que as pessoas afirmam que me ausentei, eu voltei a morar com a minha mãe. E isso não está sendo nada fácil. Porque ela fica me cobrando certas coisas, algumas atitudes, e... eu acabo me sentindo muito pressionado, muito cobrado.

E o que é que ela cobra?

É que na verdade eu ando mesmo meio sem vontade de fazer as coisas e ela reclama.

Se sente desmotivado?

Não. Ela reclama de tudo e fica o tempo todo me julgando.

Te julgando?

Na verdade ela não está me julgando, ela está me condenando. É isso que ela faz o tempo todo.

E pelo que ela te condena?

Não que ela faça isso abertamente, o que para mim só piora as coisas, mas sinto isso em seu olhar. Na maneira como ela me olha... A gente sente esse tipo de coisa... ela me condena... por não ir atrás da minha mulher e da minha filha. É isso.

Hum, hum. Entendo. Você tem se sentido deprimido?

Não. De forma alguma. Isso até me irrita um pouco. Essa onda, essa mania das pessoas de ficarem procurando pelo em ovo.

Pelo em ovo?

É. Antigamente não tinha essa coisa de depressão, e hoje em dia todo mundo diz que sofre de depressão ou de síndrome do pânico, essas coisas.

Fale mais sobre isso.

É isso. É meio que um modismo. Não vejo mal nenhum nisso de ficarmos desmotivados. E eu não estou falando só de mim, acho que essa coisa de ficar sem vontade, desmotivado ou cansado, não tem nada a ver com depressão. Isso é uma coisa corriqueira. É o preço disso tudo, dessa estrutura que criamos e que acaba nos consumindo.

E o que seria essa estrutura?

Você sabe do que eu estou falando. Falo da forma como a sociedade se constituiu. Falo de nossas rotinas, dos compromissos, e até mesmo da vida em família. Tudo isso é muito desgastante.

Entendo.

Eu acho que toda essa busca pelo refinamento, pela tecnologia, isso de se criar tanta coisa para simplificar o que por essência era tão simples... tudo isso que criamos, e que em tese deveria nos servir, só nos distancia do que somos realmente.

E o que seria isso?

Isso?

Sim, o que seríamos realmente?

Você sempre fazendo esses joguinhos.

Que joguinhos?

Com as palavras.

Paulo, eu não estou fazendo jogo nenhum.

Tá legal. Somos animais, em princípio. Você deve entender onde eu quero chegar.

Certo. Então o problema vem de fora. É isso?

O que o senhor acha? Acha que eu estou criando tudo isso?

Sabe, Paulo, às vezes eu reforço as perguntas, ou mesmo o que você diz, para tentarmos alcançar outro ponto de vista. É só isso.

Faça como quiser, é o seu trabalho.

E você se sente cobrado?

Eu estou cansado. Muito cansado.

Você tem dormido bem?

Durmo até demais. Se não me controlo, sou capaz de passar o dia todo dormindo.

7

E aí, Johnny?

E aí, Carlos?

...

Teve notícias do Paulo?

Falei com ele ontem. Ele está indo. Você sabe, aos poucos.

Sabe, Carlos, eu tenho uma cisma com essa história toda.

Que cisma?

Não sei não, meu. No fundo, não consigo engolir essa história de que ele não se lembra do que aconteceu.

Que papo é esse, Johnny?

Você sabe.

Fala logo, Johnny. O que você está querendo dizer?

Pra mim, o Paulo está escondendo o jogo.

E o que ele estaria escondendo, Johnny?

Eu acho que ele pode estar envolvido nessa história.

Porra! Nem fala uma coisa dessas.

Meu! Vai me dizer que isso nunca passou pela tua cabeça?

Porra, Johnny! Para com isso!

É sério, meu. Eu não engulo essa história. Para falar a verdade, ninguém engole.

Cara, nem brinca com uma coisa dessas!

Pra mim, ele está envolvido.

Você não conhece o Paulo. Você não devia ficar falando uma coisa dessas por aí.

Eu não estou falando por aí. Eu estou falando com você. Vai me dizer que nem por um segundo isso passou pela tua cabeça?

Para, Johnny!

...

Então me garante que isso nunca passou pela tua cabeça.

O Paulo nunca seria capaz de fazer uma coisa dessas. Nem em sonho.

Ninguém conhece ninguém, meu velho.

Johnny, fica na sua. Se você não quer ajudar, então não atrapalha. Vamos acabar com esse assunto.

Meu, eu estou falando numa boa. Você falou que vai chamar o cara pra morar na tua casa. Então, se penso uma coisa dessas, eu tenho que falar. Falar pra você. Porque eu não levaria esse cara pra morar na minha casa. De jeito nenhum.

Chega, Johnny. Vamos parar por aqui.

Então me garante que isso nunca passou pela tua cabeça.

Cara, eu vou pra minha sala.

Há quanto tempo você é casado?

Deixa eu pensar um pouco. Quando saí de casa, eu tinha... vinte e nove anos... Então, sou casado há sete anos.

Em que ano você se casou?

Em 2001.

Quantos anos tem sua filha?

Ela ia fazer quatro agora em agosto.

Em que ano ela nasceu?

Que é isso, doutor? Você está pior do que o investigador que está pegando no meu pé.

Por favor, vamos prosseguir, depois eu explico.

Eu não lembro qual foi a última pergunta.

Em que ano nasceu sua filha.

Em 2004.

Há quanto tempo seu pai faleceu?

Foi há dois anos.

Em que ano seu pai faleceu?

Em 2007.

Em que ano se deu o seu desaparecimento?

Foi no ano passado.

Que ano foi o ano passado?

2008. Estou ficando confuso com todas essas datas.

Deixa eu fazer uma conta.

...

Paulo, você disse que está casado há sete anos, não é isso?

Isso.

Disse que se casou em 2001. Então, você se esqueceu de computar o ano do desaparecimento. Não contou o ano que alega não ter vivido. E o mesmo se deu quando calculou o nascimento da sua filha. Você disse que ela nasceu em 2004 e que faria quatro anos agora em agosto. Agora, em relação à morte de seu pai, você disse que ele faleceu em 2007, e aqui você parece ter contado esse ano.

Nossa! Agora deu um nó na minha cabeça. Tudo bem, e o que isso quer dizer?

Não sei. Eu pensei nessas perguntas, e pensei em fazê-las assim rápido justamente para ver como você guarda essas questões. Pensei em fazer dessa forma para ver se você computava ou não o ano de seu desaparecimento.

Pelo jeito, nessa você me pegou.

Não estou tentando te pegar. Estamos apenas investigando detalhes que possam estar ocultos.

É como se eu escondesse alguma coisa de mim mesmo, não é?

Muitas vezes isso funciona como um mecanismo de defesa.

Você acha mesmo que eu bloqueei essas coisas?

Eu suspeitava que em algumas dessas datas você calcularia o ano do desaparecimento e em outras não.

É realmente interessante, não posso negar. E o que isso quer dizer?

...

Quer falar sobre a perda de seu pai?

O que posso dizer?

Como você se sentiu na época?

Não foi nada fácil, mas, como ele sofria de câncer, nesses casos nós costumamos aceitar melhor a morte, não é mesmo?

Entendo...

A morte vira uma espécie de alívio. De descanso. E no fundo é assim que deveríamos encará-la.

Como era a relação de vocês?

Nós nos dávamos bem. É claro que tivemos algumas fases ruins, principalmente na minha adolescência, mas de resto foi uma relação muito boa. Acima da média, eu diria.

...

E como estão as coisas com a sua mãe?

Em que sentido?

Você continua se sentindo cobrado?

Muito! O tempo todo.

E como era essa relação na infância?

Acho que eu nunca fui muito chegado a minha mãe. Nem ela comigo.

E por que você pensa assim?

Sei lá. A gente sente essas coisas. Nós não temos muita afinidade.

Fale mais sobre a sua infância.

Sinceramente, doutor, eu não estou com vontade de falar sobre isso. Tive uma infância normal. A única coisa que pode diferenciar minha infância de outras foi o fato de que perdi meu irmão. Mas, posso te garantir, tudo isso foi superado.

Como foi a terapia?

Foi.

Foi?

Olha, mãe, eu não sei se isso vai ajudar.

É preciso ter paciência, né, filho? Ou então fica difícil. Você mal começou e já está reclamando.

Eu não estou reclamando! Por um acaso eu reclamei de alguma coisa?

Nem precisa. Tá na cara que você não vai levar isso adiante.

Puta merda, mãe! Como a senhora me incentiva.

E que diferença isso faz? Você nunca me dá ouvidos.

Tá legal, mãe.

Isso. Corre para o quarto.

Que saco!

Vai se trancar, que assim você resolve as coisas.

Oi, Cris.

Oi, Carlos. Tudo bem?

Tudo, e com você?

Tudo bem. Você conseguiu falar com o Paulo?

Não. Pedi para a dona Inês avisar que eu liguei. Ela disse que ele passa o tempo todo deitado ou assistindo TV.

Mas ele está bem?

Ela disse que tem achado ele muito deprimido.

Eu também liguei e deixei recado, só que ele nunca retorna as minhas ligações.

Nem as minhas. Eu pensei uma coisa que pode ser uma boa.

O quê?

Eu vou convidar ele para vir morar comigo.

Nossa! Você acha uma boa ideia?

Cris, o negócio está ficando feio lá. Eu falei com a dona Inês e ela não me pareceu muito bem. Ela falou cada coisa. Eu acho que pode ser melhor deixar o Paulo num ambiente um pouco mais tranquilo. Os dois estão batendo de frente.

É, de repente pode ser bom mesmo.

Eu tenho certeza disso.

Você acha que ele vai topar?

Eu não sei. De qualquer jeito, vou insistir o máximo que puder. Os dois estão se estranhando.

Também, pudera. Não deve ser fácil para nenhum dos dois voltar a morar junto.

Eu acho que, se ele aceitar meu convite, aos poucos ele volta a ser o que era. Acho que a gente precisa recuperar a confiança que ele tinha na gente.

É. Mas ele tem resistido muito. Ele não faz o menor esforço para isso.

Eu tenho certeza que, se ele for morar comigo, ele acaba voltando ao trabalho e aos poucos vai retomando a vida.

Eu acho que pode ser uma boa. Ainda mais que você tem um quarto sobrando.

É, e eu tirei aquela pintura do quarto da Bia. Já pensou o Paulo dormindo no quarto da Barbie?

Isso ia ser terrível. Ia trazer muitas lembranças. Já deve estar sendo terrível demais para ele esse vazio. A saudade que ele deve estar sentindo da Ingrid. Isso deve estar corroendo ele.

Puxa, e eu fazendo piada. Nem pensei nisso. É terrível demais.

Como vai, Paulo? Como vão as coisas?

Eu não aguento mais isso.

Isso?

Não aguento mais todo mundo me perguntando se eu estou bem.

E por que isso te incomoda?

Isso me irrita!

Quer falar sobre isso?

Eu não aguento mais as pessoas perguntando "como vai?", "como vai?". Elas ligam e ficam nessa de... "como está?".

...

E por que isso te incomoda?

Isso me irrita profundamente.

...

E o pior é quando digo que está tudo bem.

Por quê?

Porque então parece que ninguém acredita.

Você acha que as pessoas não acreditam que você esteja bem apesar das circunstâncias, é isso?

É. Ninguém consegue aceitar isso. Essa é a questão. Elas me cobram, é isso, elas não admitem o fato de que eu esteja bem.

Você disse que elas te cobram. Quem são elas?

De novo esse papo? *Elas* é todo mundo!

E por que você acha isso?

Isso o quê?

Que as pessoas não aceitam que você esteja bem?

Não é o fato de eu dizer que estou bem que elas não aceitam, o que elas não aceitam é eu estar bem. Eu acho que elas querem me ver chorando, sofrendo, sei lá. Elas querem que eu fique me lamentando por não saber onde elas estão... é... minha mulher e... e... minha filha, então eu não deveria estar assim... tranquilo, e não deveria assistir televisão ou comer...

Isso te desgasta, mas você acha que isso não chega a te deprimir. É isso?

É. Eu odeio isso de... a primeira coisa que eles perguntam é se eu estou bem e, quando digo que está tudo bem, eles não aceitam e começam a me tratar de forma... é... como se eu estivesse doente.

Entendo.

Ou, pior, eles tentam de alguma forma jogar na minha cara que eu tenho responsabilidade, ou estou envolvido, ou deveria sair por aí e só voltar quando encontrasse a minha mulher e a minha filha, mas, por outro lado... se é que eu realmente fiquei um ano desaparecido, então por que eles não foram atrás de mim? Não que eu esteja dizendo que não foram. O que quero dizer é... Porque, em algum momento, eles pararam de me procurar e passaram, eles mesmos, a assistir televisão e tudo o mais... Então, não venham me encher o saco e me cobrar coisas que eles mesmos não fizeram!

Entendo. Você quer um copo de água?

Não. Eu desembestei a falar, não é mesmo?

Isso é bom. Isso é muito bom. Não tenha receio de desabafar.

...

Paulo, isso é muito importante neste nosso trabalho.

Sei.

Então você sente que foi abandonado.

Não. Não é isso...

Mas acha que eles poderiam ter feito mais por você. Se empenhado mais em encontrá-lo, é isso?

Não. No fundo eu quero que eles se danem!

...

Você tem dormido bem?

Eu falo isso porque não acho justo eles ficarem cobrando atitudes que eles mesmos não tiveram. Na verdade eu tenho é que ficar na minha, sabe? O que eu vou fazer? Sair por aí procurando? Nem a polícia descobriu nada. E no fundo...

...

No fundo?

Não é nada. Deixa pra lá.

Vamos, continue.

Não. Não é nada. Eu ainda nem tive tempo de... você sabe.

Mesmo assim eu gostaria de ouvir.

Não é nada mesmo.

...

Você tem sonhado?

Engraçado você perguntar isso. Porque, desde que *dizem* que voltei, não consigo me lembrar de nenhum sonho. Eu sempre lembrava dos meus sonhos. Agora não consigo. E ontem mesmo eu me lembrei de um extintor.

...

Um extintor?

É. Eu não me lembro do sonho. Lembro dessa imagem, sabe?

Fale mais sobre isso.

Eu... é como se fosse um fotograma...

...

Como assim?

Como se o sonho fosse um filme, sabe? Mas eu só consigo lembrar de um único fotograma.

E você se lembra de um extintor.

É.

Qual a ideia que o extintor traz a sua mente?

Eu fiquei tentando lembrar onde tinha visto esse extintor, mas anteontem eu nem saí de casa. Então eu achei que tinha sonhado com isso.

...

Só que é como uma imagem estática. É isso que eu falei. É como se eu tivesse visto esse fotograma, porque o filme, na verdade, é uma série de imagens paradas, não é mesmo?

Interessante essa impressão. E o que você acha que essa imagem pode significar para você?

Nada. Não significa nada.

O que lhe vem à mente?

Nada. É óbvio, incêndio, bombeiros... essas coisas.

Você acha que isso pode ter relação com a experiência que você teria vivido durante sua ausência?

Não. Acho que foi só um sonho. Não vejo nenhuma relação com isso.

...

Voltando um pouco a essa questão de você se sentir incomodado quando te perguntam "como vai?". Você entende que isso é uma convenção, não é mesmo?

Claro.

Ou seja, quando nos perguntam "como vai?", respondemos “estou bem, e você?”. E isso é apenas uma formalidade, não é mesmo?

Claro. A questão não é essa.

Então qual é a questão?

Porque, se fosse isso, quando eu digo que estou bem elas não condenariam isso.

E você acha que elas condenam o fato de você responder a esse cumprimento?

Não! Eu não acho! Elas condenam!

...

E por que você acha que elas condenam?

Elas condenam o fato de eu estar me sentindo bem mesmo que a minha mulher e a minha filha estejam desaparecidas. É isso. É isso que elas não admitem!

...

Eu gostaria de fazer uma espécie de jogo com você. O que você acha?

Jogo? Que jogo?

Um jogo de imaginação. Eu queria que você se soltasse e deixasse vir o que viesse em sua mente.

Sei.

Eu gostaria que, como se fosse um jogo mesmo, você me dissesse o que lhe viesse à cabeça.

Sei.

Por exemplo: o que você acha que aconteceu com você durante esse ano?

Sei. É claro que eu já pensei sobre isso.

E então? Onde você acha que esteve? O que fez durante essa ausência?

Eu, honestamente, não sei. Não faço ideia.

...

Mas passaram imagens por sua cabeça a esse respeito, não é mesmo?

É claro.

Você teve tempo para refletir sobre isso, teve tempo de especular a esse respeito, e então?

Eu não sei.

Me diga as coisas que passaram por sua cabeça quando você pensou sobre isso.

Eu pensei em muitas coisas desde que voltei. A questão é que nada me convence.

Mesmo assim, por que não divide comigo essas ideias?

...

Olha, eu pensei em muitas coisas, sabe? Até mesmo...

Até mesmo?

Não posso negar que passou pela minha cabeça isso... isso que eu sei que a maioria das pessoas pensa...

...

Que seria?

...

Deixa pra lá.

Vamos seguir com o seu raciocínio, Paulo.

...

Deixa pra lá.

Isso poderia ser um grande avanço.

...

Você se sente agitado?

Agitado? Nem um pouco. Por quê?

Porque você está balançando o pé sem parar.

É ritmo. Estou com uma música na cabeça.

...

Então me diga o que acha que passa na cabeça das pessoas.

...

Lembra quando você falou que o silêncio diz muito?

Sim.

Então, doutor. Interprete o meu silêncio.

8

Paulo, desce que tem visita pra você.

Já vou, mãe.

Senta, Carlos.

Eu nem vou sentar, dona Inês. Quero ver se tiro ele um pouco de casa.

Nada disso, vou passar um cafezinho pra você.

Pior é que o café da senhora não dá pra recusar.

Deixa o Paulo descer que eu vou preparar. Mas sabe que vai ser ótimo você levar o Paulinho pra dar uma volta? Nem falei que você tinha ligado dizendo que vinha. Se falasse, logo ele ia inventar uma desculpa.

Fez bem, dona Inês. Assim eu pego esse cabra de jeito.

Ele precisa encarar o mundo de frente. Ele precisa sair. Precisa voltar ao trabalho e retomar a vida.

Ele vai retomar, dona Inês.

Ah, vai. De um jeito ou de outro.

Eu estava pensando em convidá-lo para ir morar lá em casa.

Como assim?

Eu acho que isso pode ser bom pra ele.

Será?

Eu tenho certeza.

Não sei se essa é uma boa ideia.

Vamos tentar.

Ele reclamou de mim?

Não, dona Inês. Eu nem tenho conseguido falar com ele.

Porque ele anda bem difícil. Ele implica com tudo.

Por isso acho que pode ser bom.

Eu não sei...

Ele precisa de um amigo. E a gente sempre trabalhou junto. Acho que consigo arrastar ele para o escritório comigo. Acho que ele precisa recuperar a confiança na gente.

Isso é verdade.

O Paulo precisa voltar a confiar nele mesmo. Só assim ele vai se abrir. Ele está sofrendo muita pressão.

Muita pressão? Que pressão?

Tudo isso que ele passou.

Eu acho que é justamente o contrário. Às vezes acho que estou passando a mão na cabeça dele. Acho que estou dando moleza.

Pode ser bom, sim, dona Inês. Além do mais, desde que me separei, tem um quarto sobrando, e talvez, convivendo lá comigo, quem sabe não consigo arrastar ele para o trabalho... Eu acho que, assim, aos poucos ele volta ao jogo.

Psiu! Ele está descendo.

Carlos?

E aí, Paulão?

Paulão?

...

Vim te pegar pra gente jantar.

Poxa! Eu não estou a fim de sair.

Vamos assim mesmo. Eu quero te levar naquela churrascaria.

Vai com ele, filho. Dê uma chance a você mesmo.

...

Vamos embora.

É que eu não estou com vontade. Ainda mais churrasco numa hora dessas.

Então, vamos comer salada.

Não estou mesmo com vontade de sair.

Não faz mal. Vamos lá! Quero te fazer uma proposta.

Que proposta?

Eu só falo quando você estiver de barriga cheia. Vamos.

Mas eu nem estou com fome.

Vamos lá.

Eu não sei.

...

Para de pensar e vai logo, filho.

Parece que não tenho escolha.

Vamos dar uma volta. Pelo menos tomar uma cerveja.

Vai, filho. Você precisa sair um pouco. Você não pode viver enfurnado.

Tá legal. Uma cerveja, e depois você me traz de volta.

Fechado.

...

Quer comer uma pizza?

Eu não estou com fome.

Então vamos lá no bar do Picanha.

Não. Lá é muito cheio.

Tem algum lugar que você prefira?

Vamos na padaria mesmo.

Perfeito. Aí eu peço um lanche. Hoje não almocei. Só comi um pastel na feira.

Eu queria te fazer um convite.

Vá em frente.

Eu queria te convidar para ir morar lá em casa.

Morar na sua casa?

É. Tem o quarto que era da Bia e tá lá, sobrando.

Porra, não sei não...

Só até você poder alugar seu próprio canto.

Não sei não, cara. Era essa a proposta?

Era. O que mais você esperava?

Eu não esperava nada.

E então?

...

Acho que não ia dar muito certo isso.

Não precisa responder agora. Pense um pouco.

Eu vou pensar.

É só pra você saber que existe a possibilidade. Eu só quero que você saiba que as portas estão abertas.

De qualquer forma, valeu.

Eu acho que pode ser bom.

...

No fundo está meio difícil morar com a minha mãe.

Eu sei. Eu percebi.

Ela me cobra o tempo todo.

É que ela quer ver você de volta à ativa.

Eu sei muito bem o que ela quer.

...

Você falou com o Rodríguez?

Ele ligou outro dia, mas eu não falei com ele. Por quê? Você também vai começar a pegar no meu pé?

Eu não estou pegando no seu pé. Estou justamente tentando criar um terreno onde ninguém mais possa ficar te enchendo o saco.

...

Quando é que você vai voltar a confiar em mim?

Que papo é esse?

É difícil pra mim ver você assim tão fechado. Tão distante.

Porra! Vocês me cobram demais.

...

Nós queremos te ver bem.

Eu sei o que vocês querem.

Então. Eu só quero ajudar.

Não tenho tanta certeza.

...

Por que você está falando isso, Paulo?

Deixa pra lá.

Como, deixa pra lá?

Eu sei onde vocês querem chegar.

Então me diz, porque eu não faço ideia do que você está falando.

Deixa pra lá.

Eu só queria saber uma coisa, Paulo.

Fala logo, eu já estou acabando a cerveja e estou a fim de voltar logo pra casa.

Você se sente mudado?

Eu tenho que reagir, né? Só estou reagindo à forma como vocês me tratam. É só isso. Se algo mudou, foi o jeito como vocês me tratam.

Calma, cara! Eu não estou brigando com você. Estou só trocando ideia.

...

Se você reparar, todo mundo agora me trata como se eu fosse retardado.

Talvez a gente esteja mesmo te tratando com mais cuidado, porque a gente gosta pra caramba de você e sabemos que as coisas não andam legal.

...

Vocês me tratam cada hora de um jeito.

Paulo, a gente só quer ajudar, mas não é fácil.

Uma hora me tratam como vítima e no minuto seguinte como culpado.

Tudo bem. Eu te entendo. Mas não é disso que eu estou falando.

E do que você está falando?

É que tenho te achado um pouco distante.

Lá vem.

É sério. Um pouco não, muito. Às vezes me parece que você demora um pouco a reagir. É como se você estivesse, sei lá, distante mesmo.

...

E aí vocês me tratam como idiota.

Eu andei pensando que talvez você esteja, sei lá, com déficit de atenção.

Vai ver que é isso. Ou então são vocês que estão cada vez mais espertos.

Paulo, numa boa, eu estou falando isso porque talvez você esteja mesmo com alguma deficiência. Talvez falte alguma vitamina ou esses neurotransmissores, sei lá. Não sei se isso se deve a alguma medicação que você esteja tomando. Eu só quero ajudar.

Eu não estou tomando nenhuma medicação.

Então talvez você precise tomar. É isso. Estou falando como alguém que te conhece. Paulo, eu só quero que você volte a ser o que era.

Eu queria o mesmo de você. Só que eu não acredito que isso seja possível.

Então você deve sentir alguma mudança. Eu estou falando isso porque acho que você pode levar esse tipo de informação ao seu médico e talvez isso te ajude. É só isso.

É claro.

É sério.

Eu vou falar com o meu terapeuta. Quem sabe ele não receita Biotônico Fontoura.

Essa foi engraçada. Ao menos isso. Nunca mais vi você zoando.

...

De qualquer jeito, você promete que vai pensar no convite?

Já estou pensando.

Vai ser legal, você vai ver.

Mas, se eu resolver ir morar com você, como você vai fazer com o quarto da Bia? E quando ela vier?

A Bia só virá nas férias. As coisas dela foram de mudança com a mãe. Pode ficar tranquilo. E, como ela só virá nas férias, aí eu vou viajar com ela. Vamos pra praia. E, no tempo que ficarmos em casa, ela dorme comigo.

9

Como vão as coisas?

Iguais.

...

Eu queria voltar a um assunto que levantamos na última sessão.

Que seria?

Você falava na última sessão sobre o que todos estariam pensando a seu respeito.

Ah! É isso.

O que você acha que as pessoas pensam sobre você em relação ao incidente?

Acho que eu estava me referindo a essa coisa... Você sabe do que estou falando.

O que te leva a pensar que eu saiba?

...

Nós já falamos sobre isso, não é mesmo, doutor?

Falamos?

É sobre aquilo que... eu mesmo cheguei a pensar na possibilidade de estar, você sabe, de alguma forma envolvido nisso tudo.

Envolvido?

...

É.

E como você não estaria envolvido? Você é parte disso.

...

Você estava junto quando tudo aconteceu. Como não estaria envolvido?

...

Não é nesse sentido que estou falando.

Em que sentido então?

Você sabe.

Juro que não sei.

...

Eu falo na hipótese de eu estar envolvido mesmo.

Não sei se estou entendendo.

Eu não sei como ser mais claro, doutor. Como posso dizer? De estar... envolvido.

...

Continue.

...

É isso. Pensei que talvez eu tivesse me livrado delas, você sabe.

Você quer dizer que chegou a pensar na possibilidade de ser o responsável por tudo, é isso?

Isso.

...

Fale mais sobre isso.

É isso.

...

Talvez porque todo mundo desconfia disso eu acabei cogitando essa hipótese.

E o que veio a sua mente quando refletiu sobre isso?

...

Como você teria se livrado delas?

Como eu teria me livrado? O que você acha?! Como me livraria?

...

Desabafe.

O que você quer ouvir?

Eu queria que você pensasse um pouco mais sobre isso. E, por mais fantasiosas que pareçam as ideias, eu queria que você trouxesse isso à tona.

É isso. Eu cheguei a pensar nessa hipótese.

...

Que imagens vieram quando você pensou sobre isso?

Que eu matava as duas e depois me livrava dos corpos. É isso que você quer ouvir?

Você pensou nisso depois do incidente, ou chegou a fantasiar isso antes?

Não, doutor, eu só pensei nisso depois. E justamente porque as pessoas desconfiam que eu tenha feito isso. Eu nunca teria pensado nisso antes. As pessoas é que me levam a pensar nisso.

...

E o que te leva a pensar que as pessoas acham que você teria feito isso?

Seria mais fácil.

Mais fácil?

É que... sabe aquilo que eu falei, acho que na nossa primeira conversa? Sobre aquela sensação?

Qual sensação?

Aquilo que eu disse que senti quando cheguei no prédio onde eu morava. Lembra disso?

Fale um pouco mais para ver se me situo melhor.

Lembra que eu disse que naquele momento, quando o porteiro disse que eram outras pessoas que moravam no apartamento e coisa e tal, eu pensei que talvez aquilo ainda não tivesse acontecido? Digo, que talvez eu ainda não tivesse morado lá, lembra disso?

Sim. Lembro.

...

Pois então, a questão é essa.

Continue.

Se isso não tinha acontecido, como é que eu ia sentir falta de pessoas que eu nem conhecia? Consegue me acompanhar?

Claro, continue.

...

É isso.

Entendo.

...

De alguma forma, acho que mesmo sabendo que isso não fazia sentido, quer dizer, mesmo depois, mesmo reconhecendo o absurdo desse raciocínio, de alguma forma, internamente, como posso ser mais claro?

Deixe as palavras saírem livremente.

Elas não existiam.

Acho que estou entendendo onde você quer chegar.

Então. É isso.

...

Fale um pouco como era o seu casamento.

Era um casamento como outro qualquer. O que você quer que eu diga?

Vocês se davam bem?

Você é casado, doutor?

Isso não vem ao caso, não é mesmo?

É ou não é?

Paulo, não é assim que as coisas funcionam.

O senhor não pode me dizer? É isso?

Eu sou casado. Por quê?

Se você é casado, então sabe como era o meu casamento.

O que te leva a acreditar nisso?

Era igual ao seu. Era igual a qualquer casamento.

...

Por favor, continue.

...

Nós nos dávamos bem. É claro que a relação já estava meio desgastada. Eu não vou perguntar se o senhor tem filhos, caso tenha deve saber o quanto isso desgasta uma relação.

...

O que eu estava tentando falar antes é que, quando cheguei no prédio e descobri que eram outras pessoas que moravam lá, e mesmo sabendo que aquilo não fazia sentido, de alguma forma eu não sentia a falta delas.

...

No fundo é isso que as pessoas me cobram.

Então você acha que é por isso que as pessoas pensam que você possa ser o responsável?

É isso. É por isso que me condenam.

...

O pior é que, no fundo, eu realmente não sinto a menor falta delas.

...

Acho que estamos chegando num lugar importante.

...

Continue, Paulo. Deixe seu pensamento fluir.

...

Eu não me importo com o que possa ter acontecido.

...

Entendo... continue...

...

Eu não sinto nada em relação a elas.

...

Entendo.

...

Não precisa agir como se eu não tivesse dito algo duro e ruim.

...

Talvez você esteja querendo dizer que é mais fácil para você pensar dessa forma. Não seria isso?

É mais fácil para o senhor pensar assim?

Essa sensação pode ser o bloqueio que você insiste em negar.

Assim fica mais fácil para o senhor entender?

Você não precisa se sentir culpado por esse sentimento. Talvez esse seja o seu escudo.

...

Você não está entendendo.

Você acha?

Eu não me sinto culpado, doutor.

...

Você não acha que talvez tenha criado esse distanciamento, essa indiferença, para poder suportar o fardo dessa situação?

E o que o senhor acha que seria esse fardo?

O vazio deixado por elas.

...

Você não acha isso possível?

É claro que, se eu sentisse a falta delas, seria impossível viver.

...

Como eu seguiria meus dias com esse vazio? Mas não! Não é isso. A verdade, caso realmente queira saber, a verdade é que o que eu senti realmente foi alívio.

Ok.

Eu estou me lixando para elas. Me entende, doutor?

Claro.

Eu estou cagando pra elas.

...

Elas não representam nada pra mim.

...

Não fazem falta nenhuma.

E você não acha que isso seja uma defesa?

...

Eu não sinto nada por elas.

...

Elas não fazem, absolutamente, falta nenhuma.

...

No fundo, doutor, para ser sincero, não consigo sentir afinidade ou emoção alguma em relação a nenhuma criatura. Será que você consegue entender isso, doutor? Será que este lugar pode suportar isso?

...

Acho que precisamos nos aprofundar nessa questão. Só que já estamos na nossa hora. Eu queria te propor uma coisa.

Você não respondeu a minha pergunta, doutor.

Paulo, este lugar pode comportar tudo o que você expressou. Pode ficar tranquilo quanto a isso. Posso te fazer uma proposta?

...

O quê?

Por que você não pensa sobre todas essas questões deixando as ideias correrem livremente e traz para a próxima sessão? O que você acha?

Tipo redação? É isso?

Se você preferir, pode escrever. Ou apenas reflita sobre isso, sobre essas ideias, e conversamos na próxima sessão.

...

Eu não preciso pensar, doutor. Eu já pensei muito sobre isso.

...

De qualquer forma, vamos deixar isso repousar e continuamos na próxima sessão.

Paulo? O que você está fazendo sentado aí no escuro?

Nada, mãe.

...

Não acende a luz, por favor.

Claro que acendo. Não tem cabimento você ficar no escuro, parece louco.

...

Não ligue a TV, mãe.

Dá licença? Eu estou na minha casa.

...

Onde você vai?

Vou para o quarto.

Senta um pouco, eu quero falar com você.

Pode falar.

...

Senta.

...

Eu estou bem.

...

Como você acha que seu pai ia lidar com essa situação se estivesse vivo?

O que a senhora quer de mim?

Eu quero ver você reagindo.

...

Você precisa voltar a trabalhar e tem que ir atrás da sua família.

Você quer que eu pegue o carro e saia por aí, é isso que a senhora quer?

...

Por que você não conta a verdade pra mim?

Que verdade, mãe?

...

Você sabe do que eu estou falando.

O que a senhora quer ouvir?

Eu quero saber com que foi que você se meteu.

Eu vou para o quarto.

Não! Você vai me dizer o que está acontecendo.

Eu não sei de que diabos você está falando.

...

Você pode enganar qualquer um, mas a mim você não engana.

Você quer jogar pesado?

Eu quero que você pare de fingir que nada está acontecendo.

...

Não adianta ficar me olhando com essa cara. Eu quero saber a verdade. Eu quero saber se você se envolveu com alguma coisa que eu deva saber.

...

Por que a senhora não fala de uma vez o que está pensando?

Não sou eu quem deve satisfação. É você que tem que falar o que está acontecendo.

O que a senhora acha?

...

Eu não vou te acobertar, está me entendendo?

Dá licença. Eu vou para o quarto.

...

Você ouviu o que eu falei? Eu não vou te acobertar, não senhor.

Faça como quiser, mãe.

Eu não vou fingir que não há nada errado, porque é óbvio que tem alguma coisa fedendo.

...

E eu vou descobrir o que é.

...

E não pense que, por ser sua mãe, eu vou te acobertar.

A senhora já falou isso.

E falo de novo.

...

Eu não vou te acobertar.

...

Se eu descobrir que você fez alguma coisa errada, não importa que você seja o meu filho, eu te denuncio.

...

Está me entendendo?

...

Eu adoraria que as coisas viessem à tona. Eu adoraria ver a cara da senhora. O que você acha, mãe? Você acha que eu matei as duas e me livrei dos corpos? É isso que você quer ouvir?

Ouvir isso não ia ser pior do que ver você fingindo que nada aconteceu.

...

Boa noite, mãe.

Você não me engana, está me ouvindo?

...

Você pode ficar se fazendo de coitado, de vítima, pras tuas negas.

...

Você não me engana. Está me ouvindo?

...

Você está ouvindo o que eu estou falando?

...

Paulo!

...

Paulo!

10

Paulo! Como vai?

Eu vou bem, e você, Isabel?

Eu estou bem, graças a Deus.

Eu vim falar com o Rodríguez.

Só um minutinho, eu vou te anunciar.

...

Seu Rodríguez, é o Paulo. Ele está aqui na recepção. Tá oká.

...

Ele já vai te atender. Aceita um café, uma água?

Eu vou querer os dois, se não for trabalho.

Imagine.

...

Marlinda, traz um café e uma água aqui na recepção.

...

Fique à vontade, Paulo.

Obrigado.

...

Sabe, eu fiquei sabendo de tudo o que aconteceu. Eu rezei por você e por sua mulher e sua filha.

Obrigado, Isabel.

Às vezes é difícil entender as intenções de Deus. Só um minutinho, alô. Tá oká, seu Rodríguez. Pode entrar, Paulo. Quando chegar o café, eu levo pra você.

Seja bem-vindo, meu velho. Você só trouxe essa mala?

Só.

Venha ver o quarto.

Eu conheço.

Eu sei que você conhece. Ou melhor, você conheceu o quarto da Bia. Eu quero que você conheça o seu quarto.

...

Que tal?

Está ótimo.

Eu mandei pintar. Olha o guarda-roupa. É todo seu. Vou te dar uma cópia das chaves. Quero que você se sinta em casa. Ele é seu pelo tempo que você quiser.

Valeu.

...

Então já está tudo certo? O Rodríguez me falou que você começa na segunda-feira, é isso?

É, segunda-feira eu volto.

Eu acho que vai ser muito bom. E nós podemos ir juntos, não é mesmo?

Podemos, sim.

Fique à vontade. Ah! Ali é o seu banheiro. Esqueci de falar que é suíte. Quer tomar um banho, descansar um pouco, comer alguma coisa? O que você quer fazer?

Acho que vou descansar um pouco.

Já acordou?

É.

Dormiu bem?

Dormi.

Não fui eu que te acordei, foi? Eu fiz barulho?

Não. Eu já estava acordado.

Estou fazendo café.

Isso é bom.

Já estou em cima da hora. Se pegar um pouco de trânsito a mais, vou chegar atrasado.

...

Hoje é dia da faxineira, mas pode ficar à vontade.

Acho que vou sair um pouco.

Então você começa na semana que vem?

É. Segunda.

O Rodríguez me falou. Acho que isso vai te fazer bem.

É por isso que quero sair um pouco. Vou dar uma volta. Depois como alguma coisa na rua.

Eu te falei que tem comida no freezer, não falei?

Falou. É que, desde que tudo aconteceu, nunca mais saí

nas ruas sozinho. Por isso quero dar uma volta, para ir me preparando para a semana que vem.

Legal, Paulo.

...

De qualquer jeito, essa comida congelada que eu compro é muito boa. Quando tiver fome, é só montar o prato e pôr uns minutinhos no micro-ondas.

Acho que vou pegar o metrô, só pra não estranhar muito quando tiver que voltar ao trabalho.

Você sabe que pode ir comigo, afinal vamos para o mesmo lugar.

Eu sei, Carlos, mas não quero ter que depender de você para tudo.

Como queira.

Você já me ajudou muito me oferecendo um lugar pra ficar.

Fique à vontade. Eu só acho que, se a gente mora junto e trabalha no mesmo lugar, não há mal nenhum em você ir comigo. Também acho que logo você deve comprar um carro, e aí você faz como for mais fácil pra você.

Eu não pretendo comprar um carro.

Não?

Acho bom você ficar sabendo que não pretendo ficar muito tempo nesse emprego.

É mesmo?

Pode apostar.

E você tem alguma coisa em vista?

Tenho.

É segredo?

Eu não vou retomar a vida que vocês querem.

Como é?

Eu vou retomar a minha vida, não a que vocês dizem que eu tinha.

Não sei se estou entendendo.

É só isso.

Bom, a vida é feita de mudanças. Não é isso que dizem?

Eu não estou muito interessado no que dizem.

...

Parece que ninguém pensa mais. Ficam só repetindo o que dizem. Vou retomar minha vida exatamente do ponto em que ela foi interrompida.

...

Eu vou indo senão vou mesmo chegar atrasado. Fica com Deus, meu amigo.

Pois não?

Um café.

Puro?

Puro.

...

Açúcar ou adoçante?

Açúcar.

Cris?

Oi, Carlos, tudo bem?

Tudo. E você?

Tudo bem. E aí? O Paulo foi pra sua casa ontem?

Foi.

Ele não está bem? Por que essa voz?

Ele chegou superbem ontem, mas hoje acordou de TPM.

Mas ontem ele estava bem?

Bem, bem, ele não está. Também não vamos exagerar. Ele anda *bem* esquisito, isso sim.

Eu acho que vai levar um tempo ainda para ele se recuperar.

Acho que agora, com ele lá em casa, isso vai acontecer mais rápido.

Você falou com ele sobre o jantar?

Olha, Cris, eu nem falei. A gente até tinha pensado em fazer um lance surpresa, mas acho que não é hora. Do jeito que ele anda, é capaz de se trancar no quarto e não querer sair mais. Se ele anda tão fechado com a gente, imagina com o resto do pessoal. Eu acho também que não ia ficar muito bem fazer esse jantar porque poderia parecer uma comemoração.

Você tem razão. De qualquer jeito, eu queria jantar com vocês um dia desses.

Claro! Vamos marcar alguma coisa na semana que vem. Eu faço um jantar pra vocês.

Eu levo a sobremesa.

Fechado.

Dá licença?

Ô Johnny! Pode entrar.

E aí, Paulo? Como vão as coisas?

Tudo bem. Johnny, me ajuda num negócio aqui. No *account* para cruzar os dados, que tipo de critério a gente usa?

É só dar F15.

F15?

É automático.

Claro. É isso mesmo.

...

Eu tinha esquecido. Ainda estou meio enferrujado.

Logo você pega o jeito de novo.

Só mais uma coisa, Johnny. Sem querer, eu acionei isso aqui nesse documento, e aí fica tingindo tudo de vermelho e dando *underline*. Como eu saio disso?

Aí em cima, no canto esquerdo.

...

Isso.

...

Clica no *showing markup*.

Valeu, Johnny.

E aí? Vamos embora?

Não, Carlos. Eu vou ficar um pouco mais.

Se quiser, eu te espero.

Pode ir.

Eu espero numa boa.

Eu preciso ver se consigo adiantar um pouco o serviço. Eu estou apanhando muito. Não consigo lembrar nem das coisas mais básicas.

Quer uma mão?

Não, Carlos.

Certeza? Não custa nada.

Pode ir.

Deixa eu dar uma mão, que aí você dá uma ripada.

Você já tem feito muito por mim. Eu preciso me virar.

11

Dormiu bem?

Dormi.

E aí? Como foi ontem?

Eu apanhei um pouco.

Mas conseguiu adiantar um pouco?

Mais ou menos.

Veio de metrô?
Não. Peguei um táxi.
Você ainda tem dinheiro?
Tenho. Por quê?
Se você precisar, ao menos até receber seu primeiro salário, é só falar.
Não vou precisar, obrigado.
Viu que eu deixei seu prato?
Vi.
Não quis comer?
Tomei um banho e fui deitar. Não estava com fome.

Paulo, eu estou indo. Quer carona?
Não, acho que eu vou ficar mais um pouco.
Tem certeza? Não quer aproveitar a carona?
Tenho, obrigado.
Você não vai se atrasar se for de condução?
Acho que não.
Você que sabe.

Paulo, tem um homem chamado Braga aqui na recepção querendo falar com você. Ele disse que você o conhece. Posso mandar ele subir?
Tudo bem.
...
Como vai?
Pois não? Você tem alguma novidade?
Não. Só passei pra te dar um oi. Você sabe, é só pra você saber que estou por perto.

Você viu um investigador que me procurou lá no escritório hoje?

Não. Por quê? Eles têm alguma novidade?

Esse cara tem, sim.

Descobriram alguma coisa?

Esse cara está no meu pé.

Mas o que foi que ele descobriu?

Ele me considera o principal suspeito.

Não brinca.

É sério. Ele fala na minha cara.

Você só pode estar brincando.

Ele diz que fui eu quem sumiu com elas.

O cara não pode sair por aí falando uma coisa dessas!

Ele acha que eu matei as duas e sumi com os corpos.

Você está de sacanagem.

Não, eu não estou brincando. O nome dele é Braga.

Caralho!

...

Eu sei quem é esse sujeito. Ele me interrogou há um tempo atrás.

Ele falou isso pra você?

É verdade.

Ele falou?

Não, falar ele não falou, mas, pensando bem, ele meio que deu a entender isso.

Meio que deu a entender? Falou ou não falou?

Pensando agora, eu diria que ele insinuou. Mas na época eu nem me toquei.

Mas o que foi que ele falou?

Nada específico. Ficou dando voltas.

Porque pra mim ele fica jogando essas coisas na minha cara.

Que merda, hein?

E ele faz isso o tempo todo.

Fala com alguém. Acho que você pode até processá-lo por isso.

Ninguém consegue entender.

É difícil mesmo, Paulo.

...

Vocês não entendem. Não aceitam.

Paulo, isso não é fácil. Deixa esse cara pra lá.

...

É que parece que, no fundo, todo mundo acha isso também.

Não fale uma coisa dessas.

...

Até a minha mãe acha que eu estou metido nisso.

Porra, Paulo! Não fala uma merda dessas!

É sério. Minha mãe desconfia de mim.

Nem fala isso! Não é justo.

Pergunta pra ela.

Para com isso, Paulo.

Pergunta.

Dá um tempo, vai.

Pergunta. Pergunta pra dona Inês quem ela acha que matou as meninas.

Oi, Carlos.

E aí, Cris? Chegou faz tempo?

Não. Acabei de chegar. Aconteceu alguma coisa?

Mais ou menos.

O que foi?

Ah! Eu só queria desabafar um pouco.

Como ele está?

Mais ou menos. Tem um policial na cola dele.

Como assim?

O cara está ameaçando o Paulo.

Por quê?

Ele acha que o Paulo é o responsável por tudo.

Como assim?

Ele acha que foi o Paulo.

Que coisa absurda. Mas ele falou isso para o Paulo?

O Paulo disse que ele fica ameaçando ele. Chama de assassino e o caramba.

Que horror.

...

Boa tarde. Querem pedir as bebidas?

...

Vamos tomar um vinho, Cris?

A essa hora?

Por que não?

Eu tenho que trabalhar.

Então traz uma taça pra mim.

Eu vou querer um suco de laranja.

...

Pior que o Paulo acha que a dona Inês também desconfia dele.

Você está brincando.

É sério.

Mas por que ele acha isso?

Sei lá.

E ele não tem conversado com você?

O cara não se abre.

Mas vocês não conversam?

Ele está meio paranoico. Acha que todo mundo desconfia dele.

...

Ele evita até pegar carona comigo.

E você tem falado com a dona Inês?

Pouco. E você?

Eu liguei pra ela na semana passada.

É, eu também falei com ela na semana passada.

...

Pior que o pessoal lá do escritório anda reclamando do trabalho dele.

Sério?

É. Ele anda fazendo um monte de cagada.

Que tipo?

Errando os relatórios. Coisas banais, sabe?

...

O nhoque daqui é muito bom.

É?

Vamos pedir o nhoque?

12

E aí?
E aí?

13

Então, é isso.

...

Se eu for seguir meus pensamentos, assim, sem me preocupar muito com a lógica, é isso que me vem à mente.

É bom você ter conseguido isso.

O que eu sinto no fundo, seguindo essa linha e supondo

que aqui seja mesmo um lugar onde tudo cabe... o que sinto é como se vocês tivessem armado isso.

Entendo.

Como se fosse uma grande conspiração.

Conspiração?

É.

...

Só que eu preciso tomar cuidado.

Por quê?

Porque no fundo isso me parece mais convincente do que a própria realidade que vocês me propõem.

Que nós propomos?

É. Se eu dou asas a esse tipo de raciocínio, fica difícil de acreditar no que vocês tentam me convencer. É isso. No fundo não está sendo muito fácil vocês me convencerem.

...

E do que você acha que estaríamos tentando te convencer?

Disso.

Disso?

É. Isso de dizer que eu desapareci... até mesmo de dizer que eu fui casado... porque no fundo, e digo isso seguindo um pouco esse devaneio, foi o senhor quem disse que era pra eu fazer isso...

Eu sei. Vamos em frente.

Se é pra pensar dessa forma, não tenho tanta certeza se fui realmente casado.

Entendo.

Não dá pra ter certeza disso.

...

Nem de que tive uma filha e tudo o mais...

Então você acha possível que tudo seja uma encenação?

Não acho que seja possível, mas ao mesmo tempo acho que poderia ser.

Certo. E por que você acha que estaríamos criando toda essa encenação?

Eu vou lá saber?

Mas em que você realmente acredita?

Eu não acredito em nada, doutor.

...

Nada me convence de fato.

...

Foi o senhor que disse que eu deveria falar o que me viesse à cabeça. Nesse sentido, nada me convence. Porque a realidade é algo que deve ser compartilhado, não é mesmo?

Correto.

Então fica difícil porque, se eu acreditar nisso, vocês discordarão e, por outro lado, não estou completamente convencido da história que vocês me propõem.

...

Eu só não tenho a menor ideia do que vocês estariam ganhando com isso.

...

Sabe, Paulo, eu tenho um colega que trabalha com hipnose.

Entendi...

O que você acha de tentarmos?

Isso não é besteira?

Em alguns casos a hipnose tem tido bons resultados. Existem casos de pacientes que conseguem recuperar a memória de experiências que foram bloqueadas.

...

O que você acha?

Por mim, tanto faz.

...

Vamos experimentar?

Como foi a sessão hoje?

O psicólogo quer tentar uma sessão de hipnose.

Nossa! Não sabia que alguém ainda acreditava nisso.

Nem eu.

...

Ele quer chamar um especialista.

Quem sabe?

Disse que muitas pessoas que sofrem de bloqueio acabam recuperando a memória através desse método.

Isso pode ser bom. Eu só não sabia que ainda usavam esse tipo de recurso.

A questão é que eu não consigo acreditar nesse papo de bloqueio.

Só pode ser. Ou então você lembraria de tudo.

Sei lá.

Eu achava que ninguém levasse essa coisa de hipnose a sério. Mas, se ele disse que tem até um especialista, isso pode ser bom. De repente vocês até conseguem alguma pista de onde possam estar a Luci e a Ingrid.

É.

Que foi?

Nada. Por quê?

Você riu.

Ri? Não, eu não ri.

Você deu um sorriso.

Não.

Riu, sim.

Se ri, não percebi.

Deve ter sido um espasmo.

Sei lá. Se ri, foi sem motivo.

...

Sabe, Paulo, não sei se eu seria tão forte se estivesse no seu lugar.

Oi, dona Inês.

Como vai, Carlos?

Tudo bem, e a senhora?

Vamos levando. O Paulo está por aí?

Não, ele deu uma saída.

Ele disse onde ia?

Não. Disse que ia aproveitar o sábado para dar uma volta. Eu achei bom.

E como ele está indo no trabalho?

Está indo.

Ele me disse que está sentindo muita dificuldade.

Ele tem apanhado um pouco, mas devagar ele vai retomando o ritmo.

Bom, quando ele voltar, peça pra ele me ligar.

Pode deixar, dona Inês. Um beijo.

14

Sabe, Paulo, eu achava que quando você viesse morar comigo, com o tempo, nem que fosse com o tempo, você ia se soltar. Sei lá, eu pensei que você ia voltar a confiar em mim e voltar a ser o que era. Só que você já está aqui há mais de quatro semanas e continua fechado. Você não parece nem a sombra do cara que eu conhecia, e conhecia muito bem.

...

Você está me ouvindo?

Claro que eu estou te ouvindo.

E não tem nada a dizer?

Estou ouvindo.

E não vai retrucar, concordar, nem ao menos reagir?

Eu estou reagindo.

...

Assim fica difícil.

...

Sabe o que parece? Sabe quando a gente acompanha uma série, um seriado estrangeiro, e de repente eles mudam o dublador?

...

Está me ouvindo?

Sei. Eu estou ouvindo. Não precisa ficar me perguntando isso o tempo todo.

Pois é, eu não conseguia mais acreditar naquele personagem quando isso acontecia.

...

Você se lembra disso?

Lembro.

Entende o que quero dizer?

Quando eu era criança e assistia *Tarzan*.

Eles mudaram o dublador do Tarzan?

Não.

E?

Não que eu me lembre.

Então por que você está falando do *Tarzan*? Porque era uma série, é isso?

Não. Eu falei do *Tarzan* porque foi quando eu descobri isso. Foi quando eu soube que aquilo era dublado. Mataram um índio num episódio e eu chorei.

Saquei.

Para me consolar, eu era muito pequeno, meu pai explicou que aquilo não era verdade. Ele falou que eram atores, e eu fiquei desapontado com isso. Daí ele disse que o Tarzan era um ator americano e que a voz que a gente ouvia nem era a sua voz verdadeira.

Entendi.

Acho que, percebendo o meu desapontamento, ele deixou bem claro que o grito era o grito do ator de verdade, mas todo o resto, tudo o que ele falava, era dublado.

Era o Johnny Weissmuller. O grito dele era legendário.

...

E nós só podíamos ouvir sua voz verdadeira quando ele gritava.

Você quer dizer que só assim poderei reconhecer sua voz?

Não. Ao contrário. Agora eu grito o tempo todo. Você esqueceu como era a voz de quando eu não era eu mesmo. É da voz dele que você deve estar sentindo falta.

Sabe, ontem você ficou reclamando que a gente não tem conversado muito, e eu fiquei pensando numa coisa.

O quê?

Sua situação não é tão diferente da minha.

Como assim?

Talvez você esteja projetando em mim o vazio da sua própria vida.

Por que você está falando isso? E pra que esse tom agressivo?

Por nada.

Nada disso. Você começou, agora vamos até o fim.

Eu só estava pensando como nossa situação é parecida.

Em que sentido?

Tudo. Tudo é muito parecido, só que ninguém fica te enchendo o saco.

Eu não estou entendendo. Dá pra explicar melhor?

Porque, por pior que seja a minha situação, não fui eu quem abandonou a mulher e a filha. Me entende?

Não. Onde você quer chegar?

Você se meteu com aquela piranha da Bárbara e abandonou as duas.

O que isso tem a ver? Por que você está jogando isso na minha cara agora?

Eu não. Eu não abandonei a minha família.

Vai em frente. Se isso te faz bem, vai em frente.

E, no entanto, me tratam como se eu fosse o responsável por tudo.

...

Acho bom você desabafar.

Foi você quem pediu.

Tá certo.

15

Você está na praia.

Sinta a areia quente sob os pés.

Você pode sentir a brisa agradável refrescando o seu corpo.

Você pode ouvir o mar. Ouça as ondas quebrando sobre a areia.

Você se sente bem. Relaxado. Tranquilo.

Relaxe profundamente.

Sinta os dedos dos pés.

Eles estão relaxados. Sinta a paz que invade seu corpo.

Os dedos de seus pés estão plenos de paz e de relaxamento. Relaxe. Relaxe profundamente, cada vez mais profundo.

A paz atinge a planta de seus pés. Agora a paz sobe pelo calcanhar. Seus pés estão profundamente relaxados e em paz.

Ouça a minha voz e relaxe, relaxe profundamente.

A paz sobe pelas panturrilhas e te banha. Você está pleno e tranquilo. Seus joelhos estão relaxados e você pode sentir isso. Relaxe profundamente. Ouça apenas a minha voz e o agradável murmúrio das ondas que se deitam sobre a areia. Os músculos de suas coxas estão soltos e relaxados. Sinta os quadris e a pélvis recebendo essa onda de paz e de relaxamento.

Relaxe.

Ao meu comando, você aprofunda cada vez mais. Dez, nove, oito, relaxe. Sete, seis, cinco, cada vez mais profundo. Quatro, três, dois, mais profundo... um, cada vez mais fundo, relaxe profundamente. A paz distende seu abdome. Você pode sentir isso também nos órgãos internos. Os pulmões liberam o ar velho e cansado que estava aprisionado e se enche de ar novo e revigorante. Você é feito de paz. A paz sobe pela coluna, e cada ponto, cada vértebra, se enche de paz e relaxa. Sinta o toque morno e agradável que a paz causa ao percorrer o seu corpo. Relaxe profundamente. Você pode ouvir a gaivota que voa. O céu é azul e sem nuvens. A gaivota está plena de paz. Seus ombros agora a recebem e relaxam. Sinta os ombros relaxarem. Você está em paz e se sente seguro. A sensação desce por seus braços e os músculos relaxam. Sinta os cotovelos relaxarem, os antebraços, as mãos. Sinta a paz descendo pelas mãos, relaxando seus dedos. Sua cabeça está leve. Os músculos de sua face, relaxados. O couro cabeludo, os olhos, solte a boca, relaxe o cenho. Ao meu comando, você aprofunda cada vez mais. Dez, nove...

Agora você está colocando as coisas no carro.

Está prestes a sair de viagem.

Sua mulher e sua filha estão com você na garagem...

...

Desculpe, doutor, mas não está funcionando.

...

Relaxe profundamente. Você está na garagem do prédio arrumando as coisas para sair de viagem, relaxe profundamente.

...

É sério, doutor, isso não está funcionando.

...

Relaxe profundamente, obedeça meus comandos, concentre-se apenas na minha voz. Minha voz exerce poder sobre o seu pensamento, relaxe profundamente. Você está colocando as coisas no carro, e então? O que está acontecendo?

...

Doutor, realmente não está funcionando.

...

Muitas pessoas acham isso. Acham que não estão sob o efeito da hipnose, concentre-se apenas no meu comando e diga o que está vendo.

...

Eu não vejo nada.

...

Você acha que não vê. De qualquer forma, conte o que você lembra a partir daí.

Mesmo assim, continue.

Ah! Eu havia esquecido de dizer que você também pode, e inclusive deve, ouvir também, além da minha voz, a voz do dr. Leopoldo.

...

Tudo bem. Eu consigo ouvir a voz dele também. E o trânsito... o telefone...

...

Relaxe. Relaxe profundamente.

Quero que você volte ao dia do desaparecimento.

...

Doutor...

Calma, Paulo. Concentre-se na voz do dr. Ademar.

...

A voz que você acaba de ouvir é a voz do dr. Leopoldo, relaxe. Você está voltando ao dia do desaparecimento. Volte, relaxe. Relaxe profundamente.

...

Apenas descreva o que você lembra.

Relaxe, relaxe profundamente.

...

Bom, eu lembro que arrumei as coisas no carro. Luci estava cuidando da Ingrid. Eu interfonei dizendo que já estava tudo pronto.

...

Continue... mais profundo, cada vez mais profundo. Relaxe, relaxe profundamente.

...

Luci desceu com Ingrid e voltou ao apartamento. Eu coloquei a Ingrid na cadeirinha. Luci ia fechar o apartamento e jogar inseticida nos cômodos. Sempre fazemos isso quando viajamos. Luci volta à garagem e entra no carro. Deixamos o prédio.

...

Relaxe.

...

Precisava passar no posto para abastecer e calibrar os pneus. A Luci pede que eu compre umas garrafas de água na loja de conveniência.

...

Cada vez mais profundo.

...

Deixamos o posto. É o sábado de um feriado prolongado. O dia está meio nublado e mesmo assim está um mormaço insuportável. Quero ligar o ar-condicionado, mas a Luci não deixa por causa da Ingrid. Tento explicar que o calor é pior do que o ar. Luci não cede. Está tudo parado.

...

Relaxe cada vez mais fundo.

Continue.

...

Eu estava pensando em outra coisa.

Diga.

Não é nada. Eu só lembrei de uma coisa que não tem a ver com a viagem.

Mesmo assim, divida com a gente.

Engraçado. É uma coisa da qual eu tinha me esquecido. Eu me lembrei da moça da livraria.

Que moça?

Relaxe. Relaxe profundamente.

Do lado do meu trabalho tem uma livraria. Que engraçado, eu tinha me esquecido dela.

Dela?

É. Da menina que trabalha na livraria.

...

Fale sobre ela.

Ela é linda.

...

Ela é linda.

Quem é ela?

Como saía do trabalho na hora do rush, eu ia fazer hora nessa livraria.

...

Continue.

É uma livraria muito bonita, grande. É dessas livrarias em que você pode pegar um livro e sentar numa poltrona e ficar folheando e ninguém se incomoda. Você pode ler o livro ali e nem comprar. Tem um café na livraria. No piso de cima. Então eu ia lá fazer hora. Ficava pelo menos uma hora lá, no mínimo. Todos os dias. É claro que, desde a primeira vez que entrei na livraria, eu tinha notado essa moça. Porque ela é muito bonita. Mas...

Como se chama essa moça?

Relaxe. Qual é o nome da moça?

Alice.

...

Fale mais sobre ela.

Eu estou tentando. Se vocês não me interrompessem tanto, eu não perderia o fio.

Ok. Vamos em frente.

O que eu quero dizer é que eu não ia à livraria para ver a Alice. Ao menos não no começo.

De qualquer forma, quero deixar claro que nunca tivemos nada. Era uma coisa platônica. Era só uma brincadeira. Eu ia à livraria para esperar o trânsito baixar.

...

Divida com a gente o que você está pensando agora.

Não é nada de mais. Só fiquei surpreso porque tinha me esquecido dela.

...

Relaxe cada vez mais fundo, cada vez mais fundo...

...

A história é essa. Eu ia fazer hora. Raramente comprava um livro, mas sempre lia ou folheava alguma coisa lá... e gostava de ver a Alice.

...

Continue.

Eu nem sei por que estou falando isso.

É interessante você ter se lembrado disso no momento em que tentava recuperar a lembrança da sua viagem.

É. Talvez tenha sido por isso que me veio essa lembrança. Justamente porque não lembro o que aconteceu depois que deixamos o posto de gasolina e pegamos a estrada. Essa lembrança surgiu da mesma forma que eu. Quero dizer, depois de pegar a estrada, o que me lembro é das pessoas me levarem para o hospital e dizerem que eu estava desaparecido fazia mais de um ano.

...

De qualquer forma, concentre-se na minha voz e relaxe. Vamos tentar preencher essa lacuna. Relaxe, relaxe profundamente.

...

Isso não está funcionando.

16

E aí, como foi a hipnose?

Foi uma palhaçada.

Não rolou?

Rolou. Só que...

O quê?

Eu não fui hipnotizado. Estava consciente o tempo todo. O cara era um charlatão chato pra cacete.

Acho que também não acredito muito nisso.

Mesmo assim, no fim aconteceu uma coisa curiosa. No meio da palhaçada acabei me lembrando de uma coisa que tinha esquecido. Esquecido completamente. Algo que tinha se apagado.

Porra! Isso é legal. E o que foi que você lembrou?

Eu lembrei de uma garota.

Que garota? Alguém do passado?

Você acha que eu poderia lembrar de alguém do futuro?

Não, você entendeu. Lembrou de uma garota de antes da Luci?

A garota de quem eu lembrei eu conheci depois da Luci.

Opa! Dessa eu não sabia. Você teve uma aventura?

Quem me dera.

Vai, cara. Abre o jogo.

Não é nada de mais. Nunca aconteceu nada.

Mas quem é essa garota?

O que é interessante é que eu nem me lembrava dela.

Então a hipnose valeu para alguma coisa. Quem é essa garota?

Uma garota. Eu nunca tive nada com ela. Eu só gostava de estar perto dela. Sabe como é.

Claro.

Foi um lance platônico.

Mas quem é ela?

Ela trabalhava numa livraria.

Que livraria?

Eu passava lá todos os dias para fazer hora. Pra esperar o trânsito baixar.

Você nunca me falou dela.

Não era nada de mais.

E você nunca mais a viu?

Eu nem lembrava que ela existia.

Então a hipnose funcionou.

O dr. Leopoldo quer tentar mais uma sessão, mas o cara é muito chato.

É, só que, se você lembrou dessa garota, quem sabe você não lembra de algo mais importante?

Eu não vou passar por isso.

Você não acha que vale a pena?

Não.

Mesmo que o seu médico ache que pode ser bom?

Outro dia eu assisti na TV a cabo um documentário sobre uns psicólogos que foram processados porque teriam embutido lembranças de abuso sexual em pessoas que nunca tinham vivido essas experiências.

Sério?

Teve um caso de dois irmãos que processaram o próprio pai por causa disso.

Caramba!

Acho que é isso que eles querem.

Como assim?

É onde eles querem chegar. Acho que eles estão tentando plantar alguma ideia na minha cabeça para mostrar que trabalharam direito. Se eles conseguissem me botar como o culpado, todo mundo sairia ganhando.

Porra, Paulo! Isso é paranoia.

Tem uma frase que fala sobre isso.

Que frase?

Do paranoico. "Nem todo inimigo de um paranoico é imaginário."

Essa é boa.

Eu cansei dessa história toda.

Se você não confia no seu médico, então deve ir atrás de outro.

Esse negócio de psicanálise é um puta caça-níqueis.

Acho que, se não rola um lance de confiança com o seu psicólogo, não tem como o tratamento dar certo.

Paulo.

E aí, Carlos?

Cara, o seu Rodríguez veio reclamar de você pra mim.

Do que ele reclamou?

Ele disse que, toda hora que ele entra na sua sala, você está jogando paciência no computador.

Você sabe como é. Eu jogo mesmo, uma ou duas partidas por dia, só que ele entra bem na hora que eu estou jogando, e deve achar que eu faço isso o dia inteiro.

Mesmo assim, tenta dar uma maneirada.

Eu já me enchi o saco desse escritório de merda.

O Johnny também reclamou do teu trabalho. Disse que você comeu barriga num monte de relatório.

Eu disse pra ele que ainda estou apanhando um pouco.

Tenta se focar.

Essa é boa, agora você vem comer o meu rabo!

Eu estou tentando te ajudar. Não dá pra eu ficar te acobertando o tempo todo.

Oi, Cris, desculpe a demora. Peguei um trânsito terrível.

Eu acabei de chegar. E aí? Você me deixou preocupada.

Meu, o Paulo anda muito estranho.

O que ele fez?

...

Boa noite.

Boa noite.

Querem pedir as bebidas?

O que você quer beber, Cris?

Vocês têm suco? Do quê?

Temos abacaxi com hortelã, laranja com acerola, frutas vermelhas, morango, tangerina...

Pode ser um de tangerina.

E o senhor?

Pra mim pode ser um chope.

Fiquem à vontade, com licença.

...

Hoje ele ficou fingindo que estava gripado.

Fingindo? E por que ele ia fingir?

Ele não queria ir trabalhar. Eu tive que dar uma dura nele porque todo mundo está reclamando dele, e acho que ele ficou puto.

Mas por que ele ia fingir que estava gripado? Era mais fácil ele dizer que não estava se sentindo bem. Não precisava fingir.

Ficou fingindo que estava espirrando...

Ele não precisava fazer isso para faltar no trabalho.

Acho que ele estava tentando me enrolar. Ele deve ter ficado sem jeito porque eu estou hospedando ele, sei lá. Só que dava pra ver que ele não estava espirrando de verdade.

Que coisa estranha.

Isso me incomodou muito. Porque ele fica dissimulando. Ele anda muito agressivo.

Agressivo?

Ele anda meio paranoico. Ele acha que todo mundo desconfia dele e está querendo incriminá-lo.

Eu acho que ele ainda precisa de tempo. É tudo muito recente.

Olha, Cris, eu acho que a gente tem tentado colaborar. Todo mundo está dando um desconto. O Rodríguez me mostrou as coisas que ele anda fazendo. Todo trabalho que ele faz precisa ser refeito. E ele era bom nisso.

Ele vai voltar a ser bom quando tiver se recuperado.

Esse é o problema, já tem mais de um mês que ele voltou a trabalhar. Não dá pra ficar dando um desconto por muito mais tempo.

Mesmo assim, um mês é muito pouco tempo. Você sabe, tudo o que ele passou...

É, só que o Rodríguez já reclamou do trabalho malfeito, e agora, se ele começa a faltar, ninguém mais vai segurar a barra dele.

É difícil.

Eu sei que é ruim o que eu vou dizer, mas eu acho que ele nunca mais vai voltar a ser o que era.

Ele sofreu uma grande perda.

O que me incomoda é ninguém conseguir preencher essa lacuna.

Isso é ruim mesmo.

Nem a polícia nem o psicólogo estão conseguindo nada. Tem um investigador que está na cola dele.

Você me falou.

...

Vocês querem fazer o pedido?

Pra mim pode ser o salmão. Cris, você já escolheu?

Vou querer a salada caesar.

...

O que intriga esse investigador é que nem a Luci nem a Ingrid tinham seguro de vida. Ele disse que isso dificulta as investigações porque falta a motivação para o crime.

E o psicólogo? Não descobriu nada?

O cara parece meio charlatão. Está fazendo sessões de hipnose.

Hipnose?

Não dá pra levar o cara a sério.

Paulo, não precisa fingir que está espirrando, ou então se esforça mais, porque é ridículo isso que você está fazendo.

Eu não estou fingindo.

Tá legal. Você ligou pra sua mãe?

Vou ligar mais tarde.

Você viu que eu deixei um bilhete avisando que ela tinha ligado, não viu?

Vi.

Só pra saber.

Atchim!

17

Boa tarde.

Boa tarde. Precisa de ajuda?

Eu estou procurando a Alice.

É aquela moça lá nos fundos.

Obrigado.

...

Alice?

Pois não? Precisa de ajuda?

Não, não. Meu nome é Braga, sou investigador.

Posso ajudar em alguma coisa?

Você conhece Paulo Maturello?

Paulo Maturello, Paulo Maturello... o nome não me é estranho, mas não consigo lembrar quem é.

Dê uma olhada nessa foto. Veja se pode identificar esse cidadão.

Claro! É o Paulo. Ele é nosso cliente aqui na loja. Aconteceu alguma coisa?

Você costuma vê-lo com frequência?

Olha, faz muito tempo que ele não aparece por aqui.

Saberia dizer quando foi a última vez que você o viu?

Eu não lembro. Já faz bastante tempo. Aconteceu alguma coisa com ele?

Não precisa se preocupar com ele, não. Ele está bem.

Ainda bem.

A mulher e a filhinha dele é que estão desaparecidas.

Meu Deus! Mas o que foi? Sequestro?

Por enquanto ainda estamos investigando. Vocês se conheciam bem?

Ele era cliente. Costumava vir à livraria quase todos os dias.

Vocês eram íntimos?

Íntimos?!

Isso.

Ele era um cliente da livraria. Isso é ser íntimo?

Ele comprava muitos livros?

Não muitos. Às vezes.

Você saberia me dizer que tipo de livros ele comprava?

Nossos clientes têm uma carteirinha de fidelidade. A cada cinquenta reais se acumula um ponto, e a cada cinquenta pontos se pode fazer o resgate na próxima compra.

E por que você está me falando isso? Está tentando me vender o cartão, é isso?

Não, senhor. E o cartão não é vendido. Basta se filiar. Estou falando isso porque em virtude do cartão nós temos um banco de dados justamente para o controle da pontuação. Por isso constam em nosso sistema todos os livros que cada cliente compra. Se o senhor quiser, podemos consultar os livros que o Paulo comprou.

Isso seria muito interessante.

Vamos ver, então.

Aqui.

Poxa! Vocês têm todos os registros.

Como confiar em si e viver melhor, Norman Vincent Peale.

Os parceiros invisíveis, John A. Sanford.

Um minuto para mim, Spencer Johnson.

Histórias escolhidas, esse fui eu que indiquei. Lygia Fagundes Telles.

A cabana, William P. Young.

A hora da estrela, esse também fui eu que indiquei.

Eu, Pierre Rivière...

Espera! Como é o resto do título?

É do Foucault.

Eu, Pierre Rivière, que degolei minha mãe, minha irmã e meu irmão!? É isso?!

Isso.

Que diabo de livro é esse?

É um relato que o Foucault compilou. Acho que é sobre um crime que ocorreu na Idade Média. Deixa eu conferir...

Quem compra um livro desse tipo?

Olha aqui: "Um caso de parricídio do século XIX apresentado por Michel Foucault". Eu me enganei. Pensei que fosse um caso da Idade Média.

Esse é o último registro?

Isso.

Quer dizer que foi o último livro que ele comprou?

É. Ao menos nesta livraria.

Quem compra um livro desses?

O Foucault é muito conceituado.

E isso não é ficção?

Me parece que não, na verdade eu não li, mas, pelo que diz aqui, é um relato do próprio assassino.

Minha filha, você tem como imprimir isso pra mim?

Eu preciso pedir para o gerente.

Faz isso pra mim. Você não imagina como isso vai me ajudar.

Dona Inês, como vai?

Oi, Carlos. Estou bem, e você?

Tudo bem.

Aconteceu alguma coisa?

Não. Eu só queria saber se o Paulo foi para aí ontem.

O Paulo? Não, por quê?

Por nada.

Por favor, Carlos, vamos parar de rodeio. O que está acontecendo?

Não é nada não, dona Inês. O Paulo não dormiu em casa essa noite, e eu achei melhor ligar pra saber se ele tinha dormido aí. Mas não deve ser nada. Ele deve ter saído ontem depois do trabalho e deve ter ficado tarde e ele acabou dormindo em algum lugar. Na casa de um amigo, provavelmente.

Sei.

Está tudo bem, dona Inês, de verdade. Eu não queria deixar a senhora preocupada.

Ele está saindo com alguma garota?

Não que eu saiba.

É meio cedo pra isso, você não acha?

Olha, dona Inês, pra ser sincero, eu acho que isso podia ser bom. Quem sabe?

Eu não acho isso bom, não.

Eu acho que isso podia ser bom para ele.

Onde será que ele se enfiou?

Fica tranquila, dona Inês.

Ele comentou com você que tem um policial na cola dele?

Ah! Ele falou, sim.

Espero que ele não se meta em encrenca.

Fique tranquila, assim que ele chegar eu telefono avisando a senhora.

Isso. Só me faltava essa.

Não deve ser nada.

Qualquer coisa, me avise.

Porra! Onde foi que você se meteu?

Ih, Carlos, você está pior do que a minha mãe.

Paulo, você esquece que ficou um ano sumido? Por que não ligou pra dizer que não ia voltar pra casa?

Essa foi foda, hein?

Eu estou falando sério!

O que é isso? O aluguel?

Eu não estou te cobrando. Acho que isso é o mínimo que você devia fazer por tudo o que a gente tem feito por você.

Pode ficar tranquilo, eu não pretendo ficar muito mais por aqui. Logo, logo estou me mudando.

É você quem sabe. Se quer dar uma de ingrato, vá em frente. Só que você vai ligar agora pra sua mãe.

Eu não vou ligar porra nenhuma.

Você vai ligar porque ela está preocupada.

Se quiser ligar, liga você.

Você vai ligar, você deve isso a ela.

Eu não vou ligar.

18

Carlos.

Quê? Que horas são?

Eu não sei que horas são.

O que foi? Aconteceu alguma coisa?

Eu preciso falar com você.

Puta merda! São três da manhã! Você me assustou.

Desculpa.

O que foi? Fala.
Eu não estou legal.
Não está se sentindo bem?
Tem umas coisas que estão me deixando confuso.
Fala o que é, Paulo. Pode contar comigo.
Eu estou com medo.
Medo do quê?
Eu tive um pesadelo horrível.
Foi só um sonho.
Tem umas coisas ruins passando na minha cabeça.
Que coisas?
Eu vi alguma coisa.
Você lembrou de algo?
Não sei.
Fica calmo. Eu estou aqui com você, cara.
Eu vi uma coisa horrível.
Calma. Respira.
...
Isso. Calma, Paulo, você está tremendo.
É horrível.
Fica calmo. Me diz o que foi que você lembrou.
Eu estou com medo.
Vai ser bom pra você botar isso pra fora.
Eu tenho medo.
Eu tô aqui com você.
Eu não sei se o que veio na minha cabeça aconteceu.
Quer um uísque?
Pode ser uma boa.
Vamos lá pra sala. Eu vou pegar.
Vamos.
...
Porra, eu não consigo parar de tremer.
Vamos lá. Dá um gole.

Cara, você acha possível eu ter feito alguma coisa ruim sem saber?

Fica frio, Paulo. Deve ter sido um sonho.

...

Bebe um pouco, vamos conversar.

Eu não vou aguentar!

Põe isso pra fora. Você vai se sentir melhor, você vai ver.

Porra! É difícil.

...

Não tenha pressa.

Carlos, eu preciso que você acredite em mim.

Eu acredito.

...

Tem alguma coisa errada, cara.

Fica calmo. Daqui a pouco você vai estar mais calmo e vai ver que as coisas não são tão ruins assim.

Tem umas coisas na minha cabeça.

Bebe mais um gole.

Obrigado por tudo, Carlos. Você está sendo um puta amigo, cara.

Respira um pouco. Você está branco feito um fantasma.

...

Eu vi a Luci e a Ingrid.

Você deve ter sonhado com elas. Deve ser isso.

Eu vi umas cenas, sabe?

Talvez você esteja recuperando a memória nos sonhos, quem sabe?

Não. Eu espero que não. Foi horrível!

Deve ter sido um sonho.

Eu estava espancando a Luci, cara.

Foi um sonho.

Eu batia nela com um martelo.

Foi só um pesadelo.

...
Eu não sei...
...
Deve ser a porra daquele teu psicólogo. Ele deve estar botando essas coisas na tua cabeça.
Será?
Essa coisa de hipnose...
Foi horrível!
Se acalma. Foi só um sonho.
Será?
Foi só um sonho. Você está estressado. Todo mundo fica em cima de você. A gente sabe que tem um monte de gente desconfiando de você, mas eu te conheço. Você nunca faria uma coisa dessas. Você está sendo sugestionado. É isso.
...
Mas é isso que eles querem.
Isso o quê?
Que eu seja culpado.
Não diga uma besteira dessas!
...
É isso. Eles querem um bode expiatório.
Você precisava descansar.
...
Foi muito real.
Paulo, a mente é capaz de criar essas coisas. E além do mais, se é um bode expiatório o que eles querem, não vai ser você que eles vão pegar. Eu não vou deixar eles fazerem isso.
...
Eu batia nela com aquele lado do martelo que é pra arrancar o prego, sabe?
Calma, Paulo. Esquece.
...
Eu via a carne rasgando.

Nem fala uma coisa dessas.
Mas foi você que disse que era melhor falar.
É... mas eu sei lá. Lembra do Mundinho?
Que Mundinho?
Que fez o colegial com a gente.
Sei... lembro, por quê?
Lembra que ele falava umas xaropadas?
Lembro, ele era muito doido.
Isso, se acalma. Vamos tomar mais um gole.
Vamos, vamos.
Vou servir uma dose caprichada.
Por que você estava falando do Mundinho?
Porque ele dizia que tudo o que a gente fala se materializa em algum lugar no espaço. Lembra disso?
Não.
Então, não sei por que isso me veio na cabeça quando você estava falando das imagens do teu sonho.
Carlos, eu acho que não foi sonho, não.
Psiu. Relaxa. Você sonhou. Você foi sugestionado por aquele incompetente do teu psicólogo. Foi aquele filho da puta que botou essas ideias na tua cabeça. Agora esquece. Nem vamos falar mais nisso. Combinado?
Tudo bem.
Você já está ficando mais calmo. Vamos continuar conversando sobre outras coisas.

E aí? Conseguiu dormir?
Apaguei. E nem fiquei com ressaca.
Uísque bom não dá ressaca.
Eu estou melhor. Me desculpe por ontem.
Você teve um ataque de ansiedade.
Deve ser isso.

Você nem ouviu o interfone?

Não.

Teu amigo esteve aí.

Que amigo?

O tal do Braga.

O que ele queria?

Queria encher o saco.

Ele estava me procurando?

Ele queria falar com você, sim. Eu nem deixei ele subir.

E o que ele queria?

Queria saber sobre um livro que você comprou.

Que livro?

Sei lá. Eu disse que você só falava com ele na presença de um advogado e se fosse em depoimento.

Isso mesmo.

Você não pode dar mole pra esse cara. É por causa desses filhos da puta que você acaba ficando impressionado. Aí você fica sugestionado e tem esses pesadelos.

É verdade.

Vamos deixar tudo isso pra lá.

É.

Eu andei pensando.

O quê?

A sua mãe ainda tem aquele terreno em Bertioga?

É em Peruíbe.

Isso, Peruíbe.

Tá lá. Por quê?

...

Lembra daquela nossa ideia de abrir um barzinho?

Claro.

Você não acha que agora era uma boa hora pra gente meter as caras?

Não sei não. Você acha?

Eu acho. Acho que a gente já deixou passar tempo demais.

Eu queria isso, mas foi em outros tempos. E a gente nunca foi em frente porque sabe que as chances de quebrar a cara são grandes.

E o que a gente tem a perder?

Não sei se minha mãe ia vender esse terreno.

A gente encontra outro. É que esse ia ser sob medida. Nós não temos mais nada a perder, não é mesmo?

Não sei não.

...

Lembra que a gente pensava em vender cerveja importada?

Lembro.

Hoje em dia isso é mais fácil.

Você está falando sério?

Claro. Por que não?

Meu, precisa de muita grana pra isso.

A gente dá um jeito.

Que jeito?

Eu podia vender este apartamento. E o terreno da tua mãe é de frente pra praia?

É. Bem de frente.

...

Ela podia deixar a gente pagar aos poucos, depois que o negócio começasse a engrenar.

Acho que você não conhece a dona Inês.

Eu falo com ela.

Eu não acho que ela ia topar.

Eu tenho certeza que ela não ia negar isso pra mim.

Por que você está querendo isso agora?

Eu sempre quis isso. Só que a hora é agora. Nós já deixamos passar muito tempo.

Isso é verdade.

Você não aguenta mais o trampo. Eu também estou de saco cheio daquele escritório.

Eu não sei se a minha mãe ia deixar a gente construir naquele terreno.

Deixa que eu falo com ela.

Será?

Ia ser demais, não ia?

Puta, pior que ia.

Deixar tudo pra trás.

É.

A gente podia levar a Cris junto. Ela podia ser a gerente.

Não. Vamos deixar a Cris fora disso.

É?

Você não disse que quer deixar tudo pra trás?

É verdade.

Mulher não deixa nada pra trás.

Isso é verdade.

Se a Cris fosse, ela seria a nossa consciência. Ia querer ficar tomando conta da gente.

Você está certo. A Cris que se foda!

É isso mesmo.

Pau no cu de todo mundo.

É isso aí. Que se fodam!

Ia ser foda, não ia?

Pior é que ia.

Vamos largar tudo… vamos deixar tudo pra trás…

19

Carlos.

Oi, Cris.

Tudo bem?

Tudo. E você?

Tudo bem. Ele foi embora mesmo?

Foi.

Pra onde ele foi?

Ele disse que ia procurar um hotel, mas acabou indo pra casa da dona Inês.

Como ele está?

Ele não quer me atender. Eu só fiquei sabendo que ele foi pra lá porque ele não dava notícias e eu acabei ligando na dona Inês para ver se ela sabia de alguma coisa.

E ele não voltou mesmo para o escritório?

Não. Ele pediu demissão.

Que coisa, tudo isso...

O cara não está bem. Mas ele é difícil. Não está bem e não quer se ajudar.

Nem ser ajudado. Ele se afastou de todo mundo.

É. Paciência. Eu desisti. Juro que eu desisti de tentar...

Eu queria tanto que ele se abrisse. Ele nunca me atende.

A dona Inês disse que ele se desfez de tudo. As coisas que estavam no depósito. Disse que ele doou tudo para uma casa de caridade.

Sério?

É. Acho que ele devia virar um desses frades franciscanos. Do jeito que as coisas vão, não vejo outra saída.

O pior é que parece que ele não liga mesmo. Não liga mais pra nada.

É. É como se nada fizesse falta pra ele.

Você não acha que devia ir até lá falar com ele?

Eu não tenho mais nada para dizer.

Eu tenho medo que ele acabe fazendo alguma besteira.

Acho que ele já fez besteiras demais.

Por que você está falando isso?

Porque o cara desistiu de recomeçar. Voltou pra casa da mãe, largou o emprego, se desfez de tudo... o cara só faz besteira.

Não, mas eu tenho medo que ele faça uma grande besteira, sabe?

Ele não vai fazer nada. Ele vai deixar o barco correr.

Você acha?

Eu tenho certeza. Pelo menos enquanto ele tiver alguém que pesque por ele.

Pode ser…

Vamos jantar hoje?

Vamos. Eu estou precisando.

O que você está com vontade de comer?

Estou com vontade de comida mexicana.

Então: *Hasta la vista, baby!*

Lourenço Mutarelli nasceu em 1964, em São Paulo. Publicou diversos álbuns de quadrinhos, entre eles, *Transubstanciação* (1991) e a trilogia do detetive Diomedes: *O dobro de cinco*, *O rei do ponto* e *A soma de tudo I* e *II*. Escreveu peças de teatro — reunidas em *O teatro de sombras* (2007) — e os livros de ficção *O cheiro do ralo* (2002; adaptado para o cinema por Heitor Dhalia, em 2007), *Jesus Kid* (2004), O *natimorto* (2004, 2009; adaptado para o cinema por Paulo Machline, em 2008), *A arte de produzir efeito sem causa* (2008) e *Miguel e os demônios* (2009), os três últimos publicados pela Companhia das Letras.

Grafia atualizada segundo o Acordo Ortográfico da Língua Portuguesa de 1990, que entrou em vigor no Brasil em 2009.

Projeto gráfico
Kiko Farkas e Mateus Valadares/ Máquina Estúdio

Ilustrações
Lourenço Mutarelli

Preparação
Márcia Copola

Revisão
Carmem S. da Costa e Arlete Sousa

Os personagens e as situações desta obra são reais apenas no universo da ficção; não se referem a pessoas e fatos concretos, e não emitem opinião sobre eles.

Dados Internacionais de Catalogação na Publicação (CIP)
(Câmara Brasileira do Livro, SP, Brasil)

Mutarelli, Lourenço
Nada me faltará/ Lourenço Mutarelli. —
São Paulo : Companhia das Letras, 2010.
ISBN 978-85-359-1740-6
1. Ficção brasileira I. Título.

10-09291 CDD-869.93

Índice para catálogo sistemático:
1. Ficção: Literatura brasileira 869.93

[2019]

EDITORA SCHWARCZ SA.
Rua Bandeira Paulista, 702, cj. 32
04532-002 — São Paulo — SP
Telefone: (11) 3707-3500
www.companhiadasletras.com.br
www.blogdacompanhia.com.br
facebook.com/companhiadasletras
instagram.com/companhiadasletras
twitter.com/cialetras

Esta obra foi composta pela Máquina Estúdio em Janson Text e Aaux e impressa pela Geográfica em ofsete sobre papel Pólen Bold da Suzano S.A. para a Editora Schwarcz em novembro de 2019